Uday Prakash: Dr. Wakankar
Aus dem Leben eines aufrechten Hindus

Uday Prakash

Dr. Wakankar

Aus dem Leben eines aufrechten Hindus

Aus dem Hindi von André Penz

DRAUPADI VERLAG · HEIDELBERG

An dieser Stelle möchte ich mich insbesondere bei Rainer Kimmig für die Betreuung der Übersetzung und seine vielen wertvollen Verbesserungsvorschläge bedanken, bei Divyaraj, dem Dozenten für Moderne Südasienkunde und Hindi am Seminar für Indologie Tübingen, der sich für die Besprechung problematischer Stellen immer wieder Zeit nahm, bei Dr. Martin Christof-Füchsle für die hilfreichen Ratschläge und die Durchsicht der Übersetzung sowie bei Georgia Lederle, die das zeitintensive Korrekturlesen übernahm und mich mit vielen Ideen unterstützte. Die dennoch verbliebenen Fehler habe ich allein zu verantworten.

Der Übersetzer

Uday Prakash:
Doktor Wakankar – Aus dem Leben eines aufrechten Hindus
Aus dem Hindi übersetzt von André Penz
Draupadi Verlag, Heidelberg, 2009

ISBN 978-3-937603-32-2

Draupadi Verlag
Dossenheimer Landstr. 103
69121 Heidelberg
info@draupadi-verlag.de
www.draupadi-verlag.de

Lektorat: Rainer Kimmig, Divyaraj, Dr. Martin Christof-Füchsle, Georgia Lederle, Gerlinde Wientgen

Covergestaltung: Reinhard Sick, Heidelberg
(unter Verwendung eines Fotos von einer Versammlung der hindunationalistischen Freiwilligenorganisation RSS)

Satz: Seminar für Indologie Tübingen
Gesetzt aus der Garamond Premier Pro

Die Übersetzung aus dem Hindi wurde mit Mitteln des Auswärtigen Amtes unterstützt durch litprom – Gesellschaft zur Förderung der Literatur aus Afrika, Asien und Lateinamerika e.V.

Es herrscht Ausgangssperre. Jeder, der sich auf die Suche nach einer Geschichte macht, wird erschossen.

Mark Twain

Alle Figuren der Erzählung sind frei erfunden.

Zur Person: Dr. Dinesh Manohar Wakankar

Was tun? Dr. Dinesh Manohar Wakankar ist keine Figur eines Romans oder einer Erzählung; er ist nicht der Vorstellung eines Schriftstellers entsprungen. Dr. Wakankar existiert unabhängig von Schriftsteller und Werk.

Genau wie Sie und ich. Braucht man denn einen Schriftsteller oder ein Werk, um zu existieren?

Dr. Wakankar ist achtundvierzig Jahre alt, hat eine Glatze und trägt gewöhnlich eine Baumwollmütze auf dem Kopf, die ihm seine Frau Jyotsna gehäkelt hat. Er ist übergewichtig, aufgedunsen und kugelrund. Die beiden haben vier Töchter. Ihre Namen hat er seinem Geschmack gemäß gewählt: Puja, d.h. ›Andacht‹, Upasna, ›Ehrfurcht‹, Prarthna, ›Gebet‹, und Tapasya, ›Entsagung‹.

Dr. Wakankar ist ein tief religiöser Mensch und von Beruf Arzt. Er hat seinen Abschluss an der Universität Pune gemacht und anschließend den Doktortitel erworben. Bislang hat er in mehreren internationalen Fachzeitschriften fünfzehn Artikel veröffentlicht. Er hat einen wichtigen und umfassenden Beitrag zur Erforschung einiger bis dahin unbeschriebener, in den Stammesgebieten von Madhya Pradesh und Orissa vorkommender und auf Unterernährung, minderwertige Nahrungsmittel und verseuchtes Trinkwasser zurückzuführender Hautkrankheiten geleistet. Diese Krankheiten können, so seine Meinung, tödlich enden und seien für die dortigen Stämme so schlimm wie Krebs. Da die städtische Bevölkerung nicht von ihnen betroffen ist und sie nur bei den Adivasis vorkommen, würde ihnen weder der Staat noch irgendeine Organisation eine besondere Beachtung schenken.

Je länger er Medizin studierte und sich mit Krankheiten beschäftigte, desto enttäuschter und weltabgewandter wurde er, desto größer seine Hilflosigkeit und sein spirituelles Interesse. Seiner Meinung nach glich die Medizin den anderen Wissenschaften, etwa der Sprachwissenschaft, der Theologie, der Philosophie, der Politikwissenschaft oder der Chemie. Es gelang ihr ebenso wenig, die Krankheiten in den Griff zu bekommen, wie es der Politik gelang, die Veränderungen in einem Land oder einer Gesellschaft zu beherrschen. Körper und Leben eines jeden Menschen entwickelten sich, biologisch gesehen, nie geradlinig, und daran könne kein Arzt etwas Entscheidendes ändern. Er erwecke lediglich die Illusion, in das Leben und den Organismus eines Menschen einzugreifen. Letztlich könne er nur einen Körperteil amputieren und ihn von Leib und Leben trennen. Der amputierte Körperteil sterbe, spottete Dr. Wakankar, letzten Endes ab, und der einfältige Patient – man stelle es sich vor – begreife nicht, dass er einen Teil seines eigenen Körpers verliert.

Für Dr. Wakankar bedeutet Chirurgie daher, einen bestimmten menschlichen Körperteil zu töten.

Dr. Wakankars andere Ansichten

Der achtundvierzigjährige Dr. Wakankar glaubt, dass Medizin und Heilkunde wie viele heilige Schriften, philosophische Systeme und Weltanschauungslehren im Wesentlichen dazu dienen, Herrschaft, Handel und Staatsapparat aufrechtzuerhalten. Alle Errungenschaften auf dem Gebiet der Waffentechnik, in der Chemie, der Biochemie und der angewandten Physik hätten schon immer fast ausschließlich dem Töten von Menschen gedient. Permanente Forschung auf physikalischem Gebiet, in der Elektronik, der Dynamik, der Raumfahrt und Kernphysik habe dazu geführt, dass wir heute wesentlich effektiver und einfacher morden können. Und zu diesen Wissenschaften zähle auch die Medizin. Das Wissen der Menschheit sei bislang lediglich dazu eingesetzt worden, um die Natur zu verwüsten und zu zerstören. Die Ironie bestehe jedoch darin, dass der Mensch letztlich auch nur ein Produkt der Natur ist, genau wie die Elemente, die Insekten, Bäume und Flüsse.

Dr. Wakankar glaubt jedoch an Gott. Es sei wichtig, dass ein solches Wesen oder ein solcher Mythos erhalten bleibe. Er drücke das unruhige Wimmern und die Hilflosigkeit der schwachen Menschen aus. Gott sei in der Tat ein Opiat, jedoch in dem Sinne, dass er die Schmerzen und Qualen eines sterbenden Menschen erträglicher mache. So wie eine Aspirintablette, ein Betäubungsmittel oder eine Beruhigungsspritze. Ein kompetenter und wohlwollender Arzt könne einem todkranken Patienten auch nicht mehr geben. Paracetamol, Lexotanil, Ibuprofen, Valium und Mandrax seien in Wirklichkeit Gottespillen. Indem Gott den Qualen, den Schreien und dem Tod eines kranken Menschen etwas Überirdisches verleihe, steigere er dessen Durchhaltevermögen.

Viele Weltanschauungslehren, philosophische Systeme und heilige Schriften erzeugten, so Dr. Wakankar, die Illusion, eine göttliche Offenbarung zu sein, oder würden zumindest diesen Anspruch erheben. Später stelle sich jedoch immer heraus, dass sie, objektiv gesehen, nur dazu gedient hatten, Menschen zu töten.

Dr. Wakankar spottet: In Wirklichkeit kenne jeder Mensch Gott. Die meisten wüssten jedoch auch, wie man ihn in einen Teufel verwandelt. Denn nur den kann man sich zum Sklaven machen. Müssten sie zwischen beiden wählen, sie würden sich für den Teufel entscheiden, da er ihnen stets zu Diensten ist. Er führt ihre Befehle aus, versteht es, sie zu erfreuen und ihre geheimsten Wünsche und Sehnsüchte zu befriedigen. Mit Gott hingegen ist es nicht so einfach; der nimmt einem, hat man sich für ihn entschieden, keine Arbeit ab. Vielmehr hat man sich dann auch noch um dessen Angelegenheiten zu kümmern.

Dr. Wakankar gibt folgendes Beispiel: Angenommen, das Rad sei eine der unendlichen Formen Gottes. Dann wäre ein Fahrrad gewissermaßen eine Ausweitung dieses göttlichen Ebenbilds. Wenn man jedoch keinen Rahmen, sondern ein Geschütz, einen Mörser oder Raketenwerfer auf das Rad montiere, würde aus ihm, also aus einer Form Gottes, ein Gefährt des Teufels. Dann könne man sich nicht mehr mit ihm fortbewegen, sondern es nur noch zum Morden verwenden. Damit habe man Gott zum Teufel gemacht.

Dr. Wakankar behauptet, er könne in zehn Sekunden entscheiden, ob ein Gegenstand oder eine Gesinnung ein Teil Gottes oder ein Gefährt des Teufels sei.

Seine Kindheit und Jyotsnas Unterhose

Wakankars Familie stammt ursprünglich aus Maharashtra. Bislang hat ihm der Staat jedoch erst zweimal eine Reise in seine Heimat finanziert. Im gleichen Bundesstaat, in der Nähe von Narayanpur und Bombay, leben auch einige Verwandte seiner Frau.

Dr. Wakankar wurde am 8. Dezember 1943 in Lalitpur, Uttar Pradesh, geboren. Sein Vater war ein einfacher Angestellter des Maharajas von Gwalior. Aber wie jeder Vater war auch er eine ehrfurchtgebietende Persönlichkeit. Von ihm motiviert, widmete der junge Wakankar sich voll und ganz seiner geistigen Entwicklung. Er beschäftigte sich intensiv mit den Veden, den Puranas und den Upanishaden. Bei den jährlichen Prüfungen war er immer der Beste. In Debattierwettkämpfen und für seine Aufsätze erhielt er regelmäßig Auszeichnungen und Preise. Er besaß eine schnelle Auffassungsgabe, war fleißig und diszipliniert. Sogar den Sportunterricht besuchte er pflichtgemäß. Seine Fingernägel waren immer ordentlich geschnitten. Sein Tagesablauf war geregelt und gliederte sich in Essen, Schlafen, Leibesübungen und Studium.

Schon als Kind gehörte er zu den Schülern, deren Hefte und Bücher immer mit einem Umschlag eingebunden waren. Seine Stifte waren sorgfältig gespitzt, sein Geometriekasten immer komplett. Nie ging ihm etwas verloren. Er hatte stets alle Hausaufgaben und fehlte von allen am wenigsten im Unterricht. In seiner Kindheit hatte ihm der Vater oft den Sanskritvers vorgehalten: »So fleißig wie die Krähe, so aufmerksam wie der Reiher, der Schlaf so leicht wie der eines Hundes.« Diesen Vers hatte der junge Wakankar zum Fundament seines Schülerlebens gemacht.

Nach ein paar Jahren wusste er jedoch, dass die Mitschüler ihn nicht leiden konnten. Sie lebten in einer eigenen Welt, die für Wakankar verschlossen war.

Oft fühlte er sich unendlich einsam und weinte im Stillen. Er begann über seine Einsamkeit nachzudenken und begriff rasch, dass die anderen Jungen ihre Kindheit fröhlich und unbeschwert auslebten. Sie waren nicht bereit, sie für einen späteren Beruf oder für eine zukünftige Karriere zu opfern.

Der junge Wakankar spürte, dass ihre Kindheit nach grünen Guaven, aufgeschnittenen Gurken und dem frischen Wasser eines Brunnens oder Flusses duftete, während seine eigene für ein zukünftiges, erst in vielen Jahren stattfindendes Ereignis durchgeknetet wurde und gärte. In ihr waren Hefepilze am Werk.

Sein Vater und die anderen Erwachsenen sahen das Gären der Hefepilze in Wakankars Kindheit mit großer Freude. Sie wünschten ihm das Beste und verhießen ihm eine vielversprechende Zukunft.

Wakankar war, wie er feststellen musste, seinen Altersgenossen unterlegen. Die verfügten über jede Menge spannender und aufregender Kindheitserlebnisse. Sie trugen wahre Schätze davon zusammen, überschütteten sich damit, wie sie sich mit Sand bewarfen oder mit Wasser bespritzten, und teilten sie miteinander; stießen sie auf etwas Glänzendes, dann zankten sie sich und schrien sich an, während der junge Wakankar außerhalb dieser Welt vor verschlossener Tür stand und ihnen schweigend zusah. Obwohl er in den Prüfungen gute Noten erhielt, kam er sich gegenüber seinen Mitschülern armselig und betrogen vor.

Einer von ihnen war Nitin Pratap Singh, der Sohn einer benachbarten Fürstenfamilie. Er spielte ausgezeichnet Fußball und Badminton, konnte reiten und, wie sich die Jungen erzählten, meisterhaft mit dem Gewehr umgehen. Nitin war von allen am wenigsten in der Schule. Ständig riss er ganze Seiten aus seinen Heften heraus und bastelte daraus Flugzeuge, Mützen und Ballons. Er stammte aus einem reichen Elternhaus und war schon des Öfteren in Hongkong und Singapur gewesen.

Wie man die Mädchen herumkriegen konnte, wusste Nitin genau. Sie hatten ihn gerne und verbrachten ihre Zeit am liebsten mit ihm. Bei den Mitschülern und Lehrern war er jedoch weniger beliebt. Nach Ansicht seines Sanskritlehrers Shrikrishna Prapanna Shastri war er ein hoffnungsloser Fall. Das Leben eines

Schülers habe schließlich daraus zu bestehen, sich über Jahre hinweg hingabevoll in einem Gurukul Wissen anzueignen.

Auch Sunil Thakurta, ein Bengale, der Naturwissenschaften unterrichtete und von dem man sich erzählte, er sei Kommunist und russischer Agent, ließ kein gutes Haar an ihm. Er hielt ihn für ein verkommenes Exemplar aus einer Dynastie von Großgrundbesitzern und war der Ansicht, Nitin betrachte die Frauen mit feudalen Besitzansprüchen.

Sieben Tage in Wakankars Kindheit, in denen er mit Nitin dessen Dorf besuchte, sollten für sein späteres Leben von großer Bedeutung sein und eine wegweisende Veränderung einleiten. In seiner Gegenwart spürte er zum ersten Mal, dass das menschliche Leben genau wie die Natur gewissen inneren Gesetzmäßigkeiten folgte, die ihren eigenen Rhythmus hatten. Kontrollierte oder beeinflusste man diesen, so entstand zwar ein an Staat und Gesellschaft angepasster Mensch, aber jede Natürlichkeit war verloren.

In Nitins Dorf und dessen Umgebung konnte Wakankar mehreren ursprünglichen und naturverbundenen Burschen begegnen. Die mussten sich an keinen Stundenplan halten. Im ganzen Dorf gab es kaum Uhren und keine einzige Behörde. Natürlich hatte man dort eine Schule, nur wurde sie von den wenigsten besucht. Die Zeit floss gemächlich dahin, wie ein großer Strom in seiner ganzen Breite und Fülle.

Da Wakankar in der Stadt aufgewachsen war, hinterließ der Dorfbesuch einen nachhaltigen Eindruck in ihm. Zwischen den beiden Jungen hatte sich inzwischen eine richtige Freundschaft entwickelt.

Nitin hatte Wakankars Kindheit um einige völlig neue und bleibende Erfahrungen bereichert. Einmal hatte er sogar das Kleid der Elftklässlerin Pushpa Shrivastava, der Tochter des Schuldirektors, so angehoben, dass Wakankar ihre Oberschenkel zu sehen bekam. Ihre weiße Unterhose, hinter deren Falten es dunkel schimmerte, sollte bis zum heutigen Tag eine hochexplosive, mit Sprengstoff vergleichbare Wirkung in seinem bis dahin so starren Leben entfalten. Obwohl er die zentralen Prüfungen in der zehnten Klasse wiederum als einer der Besten mit Auszeichnung bestand, öffneten sich nun die Türen und Fenster zur verschlossenen Welt der anderen Jungen. Dort gab es Erbsenschoten, Schokolade, Romane für Erwachsene und Nacktfotos von Frauen. Es gab Kinosäle, Mädchen und mehrere verbotene Spiele. Und außerdem hatte man gefährliche Messer und Pistolen.

Bis auf wenige Ausnahmen erlebten sie eine spannende und geheimnisvolle Kindheit, voller Staunen, unbefangen und rein. Keiner von ihnen wäre auf die Idee gekommen, einen bunten Schmetterling oder ein Häschen für einen hohen Posten oder für zukünftige Reichtümer zu opfern. Sie hatten andere Maßstäbe.

Die Eltern und Erziehungsberechtigten der Jungen, die diese verbotene Welt bewohnten, diskutierten oft stundenlang voller Sorge über die Zukunft ihrer Kinder, während diese heranwuchsen, ohne einen Gedanken an die Gefahren einer unsicheren Zukunft zu verschwenden. Der junge Wakankar, mittlerweile fast schon ein Mann, war nun ein Bürger beider Welten.

Heute, so erzählt er schmunzelnd, sind die meisten von ihnen äußerst erfolgreich. Nitin ist bereits Landesminister. Von den übrigen haben mehrere in der Wirtschaft, der Unterwelt und anderen Bereichen der Gesellschaft Karriere gemacht. Alle haben sie es zu Reichtum und Wohlstand gebracht.

Jyotsna wird wohl immer noch nicht wissen, warum sie ihr Mann hin und wieder bittet, das Kleid und die weiße Unterhose anzuziehen, hinter deren Falten es dunkel schimmert.

Und das in ihrem Alter!!!

Studium, Beruf und persönliche Entwicklung

Nachdem Wakankar für ein Jahr Naturwissenschaften studiert hatte, nahm er an einer Eingangsprüfung für das Fach Medizin teil und erhielt verdientermaßen einen Studienplatz und somit die Zulassung zur medizinischen Fakultät Pune. Dazu brauchte er weder ein Empfehlungsschreiben noch irgendwelche Schmiergelder. Seine ganze Familie freute sich mit ihm. Wakankars Leben hatte sich jedoch deutlich verändert.

Er schaute sich nun Filme an, die erst ab achtzehn freigegeben waren, und konnte sich auch problemlos mit den Mädchen unterhalten. Da er jedoch zu schüchtern und zurückhaltend war, entwickelte sich daraus nie etwas.

Gerne hätte er seinen Vater einmal gebeten, ihm einen Roller zu kaufen. Dann wäre er mit einem Mädchen auf dem Rücksitz durch die Gegend gefahren. Da er die finanziellen Möglichkeiten seiner Eltern jedoch kannte, brachte er dies nie übers Herz. Glückliche und romantische Momente erlebte er höchstens, wenn er im Labor einer Mitstudentin beim Sezieren half, ihr seine Aufzeichnungen und Bücher zur Verfügung stellte oder wenn ihm hin und wieder eine Studentin erlaubte, sich einen Gemüse-Paratha aus ihrer Vesperdose zu nehmen. In seiner Fantasie hatte er schon mehrmals die Flitterwochen mit Shveta Ghorpakar, einer zwei Jahre älteren Mitstudentin, in Mussoorie verbracht. Er öffnete ihr den BH und ließ sie in einer weißen Unterhose, hinter deren Falten es dunkel schimmerte, für ein paar Stunden in seinem Zimmer Platz nehmen. Bald darauf heiratete sie jedoch ihren Freund, einen Sikh, und Wakankars Träume endeten vor dem Schild: Straße gesperrt, Durchfahrt verboten!

Sein größter Wunsch wäre es gewesen, eine gleichaltrige oder etwas jüngere Medizinstudentin und zukünftige Ärztin zu heiraten. Am Ende entschied er sich auf Wunsch seiner Eltern jedoch für Jyotsna, ein Mädchen aus Indore. Sie hatte Hauswirtschaft studiert, sang gerne Filmsongs und religiöse Lieder und spielte dazu auf dem Harmonium. Mit ihr ist er heute verheiratet.

Im letzten Jahr seines Bachelorstudiums weitete sich Wakankars Gedankenhorizont zusehends aus. Während dieser Zeit beschäftigte er sich vorwiegend mit dem Buddhismus, dem Marxismus sowie den Schriften Gandhis und Tilaks. Auch die Bücher von Swami Karpatri, Dayanand Saraswati und Dindayal Upadhyay bekam er in die Hände. Zwar hatte es ihn nach dem Studium für den Rest des Lebens nach Madhya Pradesh verschlagen, doch blieb er so durch und durch Marathe, dass niemand sein Denken so sehr zu beeinflussen vermochte wie Vir Sawarkar, Tilak, Golwalkar und Hedgewar. Seinen Marathenstolz nannte er nun Nationalismus, sein neuer Held war jetzt Chatrapati Shivaji. In dieser Zeit begann er auch regelmäßig an den Treffen des Sangh teilzunehmen.

1965 erhielt er an einem staatlichen Erste-Hilfe-Zentrum in einer rückständigen Region Khargaons eine Anstellung als Arzt und blieb seither dem Staatsdienst treu. Neben seinem Beruf arbeitete er nun ununterbrochen für den Sangh. Wo immer er als Arzt tätig war, versuchte er die Jugendlichen zum Eintritt in den Sangh und zum freiwilligen Dienst für das Vaterland zu bewegen. Dabei machte er ihnen klar, was aus der Weltgeschichte zu lernen sei: Die Hindus seien, gleich nach den Juden, Opfer der schlimmsten Verbrechen. Die mächtigsten Staaten hätten sich verschworen, sie zu vernichten. Aber während die Juden mittlerweile über ihren eigenen Staat Israel verfügten, sei dies den Hindus noch immer verwehrt. Ihr Schicksal bestehe weiterhin darin, den anderen Völkern als Sklaven zu dienen. Um an der Macht zu bleiben, hetzten dieselben Leute, die 1947 das Land unter dem Vorwand einer Zwei-Staaten-Lösung gespaltet hatten, die Hindus gegeneinander auf. Selbst in ihrer Heimat gehe es ihnen bis zum heutigen Tag kaum besser als Flüchtlingen.

Versuch einer Wiederbelebung

Dr. Dinesh Manohar Wakankar, Arzt und Doktor der Medizin, war unablässig für das Wiedererwachen der Hindus tätig. Als Arzt und Mitglied des Sangh verhielt er sich stets korrekt und loyal. Er verlangte von den Patienten keine privaten Honorare. Während seine Kollegen sie oft abends zu sich nach Hause bestellten und dafür zusätzliche Gebühren kassierten, kümmerte er sich selbstlos und hingabevoll um sie und behandelte sie stets gewissenhaft. Da das Beamtenrecht ausdrücklich untersagte, als staatlicher Arzt eine eigene Praxis zu führen, hielt er das Verhalten seiner Kollegen für verwerflich und illegal.

Oft hatten seine Frau, hatten Freunde und Verwandte ihm klarzumachen versucht, dass sich die Zeiten rasch änderten. Er solle sich mal ein Beispiel an seinen pragmatischen Kollegen nehmen. Dr. Wakankar lehnte es jedoch entschieden ab, als beamteter Arzt zusätzliche Honorare in Rechnung zu stellen, eine eigene Praxis zu führen oder sich sonstige Nebeneinkünfte zu verschaffen. So etwas konnte er weder mit dem Gesetz noch mit seinen moralischen Vorstellungen vereinbaren.

Seine Kollegen arbeiteten meist eng mit den Vertretern der Pharmakonzerne und den Apothekern aus den Städten und größeren Dörfern zusammen. Zu Schleuderpreisen verkauften sie ihnen die subventionierten und kostenlosen Medikamente, die für das staatliche Krankenhaus bestimmt gewesen waren. Wer zur Behandlung ins Erste-Hilfe-Zentrum kam, musste sich diese Medikamente dann zu den sonst üblichen hohen Marktpreisen im Laden kaufen. Einige Ärzte erhielten neben ihren staatlichen Bezügen auch monatliche Zahlungen von Apotheken und Pharmaunternehmen. Sie drängten ihre Patienten dazu, ›bestimmte‹ Medikamente in ›bestimmten‹ Läden oder von ›bestimmten‹ Arzneimittelherstellern zu kaufen.

Die Situation in den rückständigen, ländlichen Gebieten Madhya Pradeshs war noch grotesker. Dort waren die Ärzte oft monatelang nicht in ihren Erste-Hilfe-Zentren anzutreffen. Da sie sich mit den Vorgesetzten abgesprochen hatten, erhielten sie jedoch weiterhin ihr Gehalt und konnten in der Heimatstadt problemlos eine eigene Praxis betreiben. Einige ließen sich auch an einen Ort ihrer Wahl versetzen oder arbeiteten bei guter Bezahlung an der Poliklinik einer Großstadt, während ihnen das Gehalt wegen angeblicher Forschungsarbeiten weiterhin ausgezahlt wurde und sie obendrein auch noch Fördergelder kassierten. Andere gingen nach Dubai, Kuwait oder in andere Golfstaaten und verdienten dort gutes Geld.

Er solle doch nicht so idealistisch sein, wurde Dr. Wakankar von seinen Freunden geraten, er solle seine staatliche Anstellung besser nutzen, um in Gwalior oder Lalitpur unter dem Namen seiner Frau ein Entbindungsheim aufzumachen. Ehrliche und anständige Menschen wie er würden doch von vielen Seiten finanziell unterstützt. Von solchen Ideen hielt er jedoch wenig. Er hatte schon V. Shantarams Film *Das unvergessliche Leben des Dr. Kotnis* gesehen.

Muss man es denn noch deutlicher sagen? Dr. Wakankar war für den Staatsdienst ein ernstes Problem geworden! Seinetwegen hatten nicht nur seine Kollegen, sondern sämtliche Mitarbeiter der Gesundheitsbehörde unter unnötigen Scherereien zu leiden. Schließlich hatte man doch alles: Man war nicht nur reich und geachtet und kam zu zusätzlichen Einkünften, es gab auch genügend Klubs und Krankenschwestern.

Ein paar seiner Kollegen versuchten ihn zur Vernunft zu bringen, indem sie ihn in einen Klub oder zu einer feuchtfröhlichen Party mitnahmen und ihn mit einer durchtriebenen Krankenschwester auf einem Sofa alleine ließen. Sein schwerer Kopf zitterte jedoch nur vor Ernst und Sorge und Dr. Wakankar geriet, vom Alkohol kräftig benebelt, immer heftiger ins Philosophieren.

Der Chefarzt des Krankenhauses, an dem Dr. Wakankar angestellt war, bestellte bei einer zwielichtigen Firma hin und wieder gepanschte Kochsalzlösung und minderwertige Injektionen. Dr. Wakankar protestierte dagegen: »Solange es nur um Schmerzmittel geht, können Sie sich meinetwegen so korrupt verhalten, aber bitte hören Sie mit Ihrem tödlichen Spiel auf, wenn es sich um intravenöse Injektionen handelt. Sonst sterben uns die Patienten unter der Hand weg!« Daraufhin grenzte man Dr. Wakankar im Krankenhaus zunehmend aus. Obwohl sein Protest insgeheim von vielen befürwortet wurde, verbreitete sich dennoch das übliche Gerücht, er gehöre zu den Menschen, die man nicht ernst nehmen könne, die einen nur unnötig in Schwierigkeiten brächten und obendrein auch noch streitsüchtig seien.

Die Beamten und Ärzte luden ihn nun nicht mehr zu sich nach Hause oder zu ihren Partys ein. Dr. Wakankar war wieder ganz für sich alleine. Er gewöhnte es sich an, Tagebuch zu führen.

Andererseits hatte er aber von allen am meisten zu tun. Rund um die Uhr war er für seine Patienten und seinen Beruf im Einsatz. So war es nicht verwunderlich, dass er in seinem Bezirk äußerst beliebt wurde. Da er seine Patienten und ihre Krankheiten ernst nahm, stets die neuesten Fachbücher und Forschungsartikel las und beim Verordnen der Medikamente ihren finanziellen Spielraum und die Schwere ihrer Erkrankung berücksichtigte, zeigten seine Behandlungen auch den gewünschten Erfolg. Im Erste-Hilfe-Zentrum wollten sich fast alle Patienten ausschließlich von Dr. Wakankar behandeln lassen.

Nun beneidete und verachtete man ihn im Krankenhaus und in der Gesundheitsbehörde noch mehr.

Über die Ausgrenzung aus dem Kreis seiner Berufskollegen schrieb er in seinem Tagebuch:

> *Ich fühle mich sehr einsam. Meine Mitmenschen sind der Ansicht, ich verhielte mich nicht pragmatisch, sondern sei ein Idealist. Ich kann an meiner Arbeit jedoch keinen Idealismus erkennen. Ich verschreibe lediglich lebendigen und unschuldigen Patienten keine minderwertigen und gefährlichen Medikamente. Als Beamter verlange ich keine zusätzlichen Gebühren und bemühe mich, meine Pflicht zu erfüllen.*

Zum Schluss hatte er noch eine Frage notiert:

> *Ich wüsste zu gerne, ob man als aufrichtiger Mensch nicht auch Realist sein kann.*

Begegnung mit Harvansh Pandit alias Spuckender Maharaj

Um seine einsamen Stunden zu füllen, dehnte Dr. Wakankar seine Aktivität im Sangh weiter aus und begann, bei der Organisation der Ortsgruppe mitzuhelfen. Da er für seine Behandlungen keine zusätzlichen Gebühren verlangte, stets um eine persönliche Beziehung zu seinen Patienten bemüht war und sich immer korrekt verhielt, konnte er auch mehrere Personen und Familien zum Eintritt in den Sangh bewegen. Dessen Führungsebene wurde allmählich auf ihn aufmerksam und war von ihm begeistert. Sie lernte ihn als einen überaus treuen und ergebenen Funktionär kennen.

In Virpur, einem Dorf auf der anderen Seite des Flüsschens Bahini, etwa acht Kilometer von der Kleinstadt Vidhanpur entfernt, an deren staatlichem Krankenhaus Dr. Wakankar arbeitete, lebte Harvansh Pandit.

Die meisten kannten ihn jedoch nicht unter diesem Namen. Da ihm beim Sprechen und beim Lesen der heiligen Schriften Speichel aus dem Mund lief, war er als Spuckender Maharaj bekannt. Er war Brahmane, stammte aus der gelehrten Kaste der Dube oder in korrektem Sanskrit Dwivedi und gehörte dem hochangesehenen Clan der Bharadwaja an.

Harvansh Pandit war ein armer Brahmane. Seine Frau baute auf einem gerade einmal zwei Hektar großen Stück Land anspruchslose Gemüsesorten an, im Juli und im August auch Gurken und Mais. Die beiden lebten fast ausschließlich von seinen Einkünften als Pandit und Opferpriester. Bis ihnen endlich der lang ersehnte Sohn geschenkt wurde, hatten sie große Strapazen auf sich genommen, zu Goldasche gegriffen und viele Gelübde abgelegt. Der Spuckende Maharaj hatte ihm den Namen Pandit Bhola Shankar Dwivedi gegeben. Da sein Bauch aufgebläht wie eine Wassermelone war, kannten die Dorfjungen ihn jedoch nur als Dickbäuchigen Maharaj.

Harvansh Pandit hatte die letzten Jahre in bitterer Armut verbracht. Das Interesse der höheren Kasten an der Rezitation heiliger Texte, an religiösen Gesängen und Ritualen war immer weiter zurückgegangen. Aus den heiligen Schriften wusste er, dass nach hinduistischem Gesetz nur Krieger, Brahmanen und Kaufleute zu den Zweimalgeborenen zählten und ein Priester nur für sie Rituale durchführen durfte. So untersagten die heiligen Schriften, für Handwerker und Bauern Opfer und Feuerrituale zu veranstalten oder ihnen die heilige Schnur umzulegen. Verboten war allerdings vieles. Hätte sich der Spuckende Maharaj an alle Verbote gehalten, er wäre schlicht und einfach verhungert. Unter den Gutsherren und Kaufleuten der Region hatte sich eine neue Unsitte verbreitet: Bei ihnen waren nicht nur die Opferrituale zurückgegangen, nein, auch die traditionell bei den verschiedenen Gelegenheiten an die Brahmanen entrichteten Essensspenden hatten spürbar nachgelassen. Wurde doch einmal ein Ritual durchgeführt, dann holte man einen herausgeputzten und bestens ausgebildeten Priester aus der Stadt.

Unter Berufung auf die Regeln für Notstandsituationen hatte der Spuckende Maharaj aufgehört, bei seiner Arbeit als Pandit und Opferpriester die Kastenunterschiede zu beachten. Er behauptete nun, dass man nicht wegen seiner Geburt, sondern wegen seines Verhaltens einer bestimmten Kaste angehöre. Im Bezirk Vidhanpur gab es mehrere Kohlebergwerke. In ihnen arbeiteten etliche Angehörige der unteren Kasten und verdienten dort stolze zweieinhalbtausend Rupien im Monat. Der Spuckende Maharaj wurde von ihnen neuerdings mit der Durchführung von Opferritualen beauftragt und kam so unter den höherkastigen Hindus zu dem zweifelhaften Ruf eines gierigen und verfressenen Möchtegernbrahmanen, der umherzieht und Ölhändlern, Betelnussverkäufern, Schuhmachern und Fischern die heilige Schnur umlegt.

Zu dieser Zeit begegnete Dr. Wakankar Harvansh Pandit zum ersten Mal. Daraufhin begann der Spuckende Maharaj, regelmäßig die Treffen des Sangh zu besuchen. Dort schwangen ›Bhaijis‹ und ›Hochgeachtete Funktionäre‹ ihre Reden; es gab Schlagstöcke, Lezims und Leibesübungen. Eines Tages war ein Kamerad aus Bhopal zu ihnen gekommen, der hatte verkündet: »Seit Jawaharlal Nehru nicht mehr lebt, seit auch die Unabhängigkeitspartei nicht mehr existiert, haben wir in der indischen Politik ein Vakuum, das nur ein Wirbelsturm zu füllen vermag, dessen mächtigste und allumfassendste Kraft der Hindunationalismus sein wird. Der Jana Sangh wird an die Macht gelangen, und die bislang unterdrückten und gedemütigten Hindus werden zu neuem Selbstbewusstsein finden.«

Noch am selben Abend hatte der Spuckende Maharaj Dr. Wakankar voller Euphorie beiseite genommen und sich mit vor Erregung zitternder Stimme an ihn gewandt: »Herr Doktor, wenn das geschieht, dann werden in den Dörfern endlich wieder Opfer- und Feuerrituale stattfinden. Und auch die anderen Zeremonien wie das Kahlscheren des Kopfes, das Durchstechen der Ohrläppchen oder das Umlegen der heiligen Schnur werden wieder zunehmen. Wenn das Töten einer Kuh erst einmal unter Strafe steht, dann werden Milch und Butterschmalz in Strömen fließen. Dann werden die Priester wieder Milchreis essen und die Handwerker und Bauern die Arbeit machen. Was sagen Sie dazu?«

Dr. Wakankar ließ ihn in diesem Glauben. Auch er konnte am politischen Horizont die ersten Anzeichen für eine solche Entwicklung erkennen. Auf nationaler Ebene war bereits eine Partei zur drittstärksten Kraft aufgestiegen, die sich für das Wohl der Hindus, für ein vereintes Indien und einen hinduistischen Staat einsetzte. Mehrere Organisationen wie der Bharat Sadhu Samaj, die Hindu Mahasabha oder der Ram Rajya Parishad waren schon dabei in den Hauptstrom hindunationalistischer Politik zu münden und in ihm aufzugehen.

Die Jahre vergingen. Dr. Wakankar wurde nicht aus Vidhanpur versetzt. Nachdem er einen solch unerschütterlichen und begeisterten Aktivisten wie Harvansh Pandit gewonnen hatte, setzte er sich noch leidenschaftlicher für den Sangh ein.

Der Spuckende Maharaj sah mit den Aktivitäten des Sangh seine Opfereinnahmen prosperieren. Auf seine Kameraden, so sein Gefühl, konnte man sich verlassen.

Eines Tages war einer von ihnen aus Bombay zu Besuch gekommen und hatte verkündet: »Buddha und Mahavira haben dem Hinduismus schwer geschadet. Hätte es keinen Shankara gegeben, wäre der Hinduismus aus Indien verschwunden. Später haben ihm die Anhänger westlicher Ideen wie Raja Rammohan Roy, Gandhi und Nehru erneut großen Schaden zugefügt.«

Die einfachen Mitglieder des Sangh waren von diesen Reden tief beeindruckt. So simpel war es, ihnen einen völlig anderen Geschichtsverlauf vom vedischen Zeitalter bis zur Gegenwart einzutrichtern. Bei den meisten Mitgliedern des örtlichen Sangh hingen zu Hause Bilder von Maharana Pratap, Chatrapati Shivaji, Golwalkar und Mukherjee.

Dr. Wakankar war von seiner ganzen Einstellung her durch und durch ein Hindu, das ständige Studieren und Nachdenken hatte jedoch in ihm eine demütige Frömmigkeit und die Anfänge einer Hinwendung zum Geistigen keimen lassen. Jegliche Gewalt und Grausamkeit erschütterte ihn zutiefst. Insbesondere konnte er die Ermordung des achtzigjährigen Gandhi von einem

Anhänger der Hindu Mahasabha auf den Stufen eines Tempels weder mit dem Verstand noch mit dem Herzen begreifen. Oft hatte er von seinen Zweifeln gesprochen, und jedes Mal hatte ihm der Ideologe vom Sangh den ungeklärten Tod S.P. Mukherjees und Dindayal Upadhyays als Beispiel vor Augen geführt und entgegnet: »Solange wir unser Endziel, die Errichtung eines hinduistischen Staates, noch nicht erreicht haben, können wir in einer Zeit, in der die anderen Gruppierungen mit Bomben und Gewehren ausgerüstet sind und im Ausland trainiert werden, nicht auf Gewalt verzichten.« Voller Enthusiasmus fügte er hinzu: »Die Hindus müssen sich wie die Helden und Krieger aus dem Ramayana und Mahabharata verhalten, wollen sie die Unabhängigkeit ihres Landes bewahren und sich vor Versklavung und Unterdrückung schützen. Den Weg der Gewalt und des Kampfes hat uns Krishna bereits in der Gita gelehrt.«

Der Spuckende Maharaj war zwar schon fünfundsechzig, diese Reden hauchten seinen alten Knochen jedoch immer wieder neues Leben ein. Obwohl er seit zwanzig Jahren an chronischem Asthma litt, brüllte er wie ein alter Löwe auf Menschenjagd. Er schwang seinen Stock, ließ den Lezim erklingen und rannte über den Sportplatz. Harvansh Pandit war davon überzeugt, dass er dank seines Stockes, seines Lezims und durch den Einsatz von Gewalt noch die Gründung eines Hindustaates, die Wiederherstellung der Gesellschaftsordnung des Varnashram sowie die Zunahme seiner Opfertätigkeiten erleben könne.

Unsicherheit und Zweifel

Der bedeutendste Textilhändler der Stadt und gleichzeitige Leiter der Regionalgruppe des Sangh, Herr Komal Chand Gupta, war der Auffassung, Muslime, Christen, Hunnen, Griechen und Türken hätten die vorzügliche, wissenschaftlich begründete Gesellschaftsordnung des Hinduismus zerstört. Zu ihrem Wiederaufbau müsse aus den Reihen der Hindus ein zweiter Hitler hervorgehen. Auch Golwalkar hatte in höchsten Tönen gepriesen, was dieser für die deutsche Herrenrasse geleistet hatte.

Dr. Wakankar warb voller Hingabe und Eifer für den Sangh. Sein unstillbarer Wissensdurst, der schon in der Kindheit dazu geführt hatte, dass er unzählige Bücher verschlang und immer alles genau verstehen wollte, ließ ihn jedoch nie zur Ruhe kommen. Er las Nietzsche, setzte sich mit *Mein Kampf* auseinander, studierte Golwalkars Buch *Die nationale Identität unseres Landes* und geriet zunehmend durcheinander.

Hatte er sich einmal damit abgefunden, dass es höhere und niedrigere Völker und Rassen gab, konnte er dies mit seinem Gewissen noch lange nicht vereinbaren. Selbst wenn es stimmte, so fragte seine Seele doch, warum man diese Völker vernichten oder quälen müsse. Auch wenn man wie die Deutschen davon ausging, dass Juden, Neger, Mongolen, Mexikaner und Indianer absolut niedere und wertlose Rassen seien, hatten sie dann nicht trotzdem ein Recht zu leben, zu lieben und sich ihre eigene Welt zu gestalten?

Dr. Wakankar war Arzt geworden, weil er todkranken Menschen ein neues Leben schenken wollte. Ideologien, die eine Auslöschung der Völker forderten, die aus geographischen, ethnischen oder genetischen Gründen weniger entwickelt waren, hielt er für unmenschlich und grausam. Sollte es in dieser Welt nur noch Deutsche und Griechen geben? Sollten in Indien nur noch Kaschmiris und Panjabis leben? Und was sollte aus den dunkelhäutigen und pechschwarzen Indern mit ihren dünnen, behaarten Beinen und ihren aufgeblähten und zusammengeschrumpften Bäuchen werden, die gerade einmal eine Durchschnittsgröße von einem Meter sechzig erreichen und entweder zum Skelett abgemagert sind oder schwabbelnde Fettbäuche haben, wenn diese Welt nur noch von den überlegenen Rassen beherrscht würde?

Dr. Wakankar notierte in seinem Tagebuch:

Da ich in meinem Studium von Anfang an zoologische Kurse belegt habe, habe ich mich auch mit den Lehren Mendels und Darwins sowie den unterschiedlichen Ansichten zur Evolution der Arten beschäftigt. Ich kenne selbst so grausame und unbarmherzige Theorien wie die des Survival of the fittest. *Von Zeit zu Zeit meldet sich in mir jedoch eine Stimme zu Wort. Sie erklingt in einem verborgenen Winkel meiner Seele und möchte, dass nicht nur überlegene und kräftige Lebewesen diese Welt bevölkern, sondern auch schwächere und weniger entwickelte. Eine Welt, in der Schmetterlinge, Insekten, Schlangen, Pfaue, Hirsche, Hasen, Elefanten und Löwen sowie Bäume, Pflanzen und Gräser einen Platz haben und alle Völker und Rassen unbeschwert leben können, egal ob ihre Hautfarbe schwarz, weiß, gelb oder braun ist.*

Die ganze Schöpfung, die gesamte belebte und unbelebte Welt, ist die Schöpfung Gottes, des höchsten Wesens. Er hat alles Sichtbare und Unsichtbare erschaffen. Wie kann denn eines seiner Geschöpfe überhaupt auf die Idee kommen, es müsse alle anderen vernichten, weil es ihnen überlegen ist, oder sich dies womöglich nur einbildet?

Je länger Dr. Wakankar darüber nachdachte, umso deutlicher konnte er diese innere Stimme hören, die in einem verborgenen Winkel seiner Seele erklang. Daran konnte nun wirklich kein Zweifel mehr bestehen: Es musste die Stimme Gottes sein.

Auf derselben Seite seines Tagebuchs, etwas abgesetzt, hatte Dr. Wakankar einen weiteren Satz notiert. In unbeholfener, krakeliger Schrift. Offensichtlich hatte er seine ganze Energie aufbringen müssen, um diesen wichtigen Gedanken zu packen, und aus seinen Fingern war jegliche Kraft gewichen:

Ich denke, der Faschismus und jede andere totalitäre und rassistische Ideologie ist eine Auflehnung des Teufels gegen Gott.

Om Shanti! Shanti!! Shanti!!!

Tod bzw. Ermordung des Harvansh Pandit

An diesem Tag begann es schon am späten Nachmittag zu tröpfeln. Ein ungewöhnlicher Zeitpunkt für einen Nieselregen. Zwei Tage zuvor hatte es in der Frühe den ersten Frost gegeben. In der Nacht fiel die Temperatur sogar auf unter vier Grad. Um der Kälte zu entkommen, versammelte man sich in den Städten um die

Heizgeräte, in den größeren Dörfern um die Kohleöfen und auf dem Land um die Feuerstellen.

Gegen halb neun klopfte es an Dr. Wakankars Haustür, der zu dieser Zeit bereits unter der Decke lag. Er stand auf und öffnete. Draußen fiel eisiger Regen; es ging ein klirrend kalter Wind.

Als er das Licht auf der Veranda anmachte, stand Subhadra Kahar aus Virpur vor ihm, eingemummt in einen Jutesack. Er berichtete ihm, der Spuckende Maharaj habe soeben einen schweren Asthmaanfall erlitten; als er mit dem Fahrrad losgefahren war, um Dr. Wakankar zu holen, habe Harvansh Pandit kaum noch Luft bekommen, seine Augen seien bereits deutlich hervorgetreten.

Als sich Dr. Wakankar gerichtet hatte und seinen Roller anlassen wollte, gab der keinen Ton von sich. Zunächst dachte er, es liege an der Kälte. Als er ihn daraufhin aus dem Schuppen holte und Subhadra Kahar ihn anschob, wollte er immer noch nicht anspringen. Dr. Wakankar drehte die Zündkerze heraus und entrußte sie. Der Roller rührte sich nicht. Er knatterte immer nur kurz auf und ging gleich wieder aus. Es war völlig egal, ob er Vollgas gab oder den Choke zog.

Dr. Wakankar stellte fest, dass der Schalldämpfer verrußt und das Auspuffrohr verstopft war. Als er den Schalldämpfer öffnete, beschmutzte er seine Hände und Kleider mit Kohle, Öl und Schmierfett.

Er wollte ihn gerade reinigen, als seine Frau kam und ihm zu verstehen gab, er habe mit der Reparatur seines Rollers nun schon eineinhalb Stunden vertan; wenn er sich noch um Harvansh Pandit kümmern wolle, müsse er auf der Stelle los.

In stockdunkler Nacht fuhr Dr. Wakankar bei diesem scheußlichen Wetter auf Subhadra Kahars wackligem Gepäckträger über die holprige Dorfstraße nach Virpur zum Spuckenden Maharaj. Er ging davon aus, dass sich dessen kranke Lunge wieder mit frischer Luft füllen werde, wenn er ihm erzähle, dass Bangladesh durch das endgültige Auseinanderbrechen Pakistans nun ein eigenständiger Staat war und zum ersten Mal in der Kriegsgeschichte mehr als neunzigtausend pakistanische Soldaten vor der indischen Armee kapituliert hatten.

Schon am Morgen hatte Dr. Wakankar auf den Titelseiten mehrerer Zeitungen ein Foto gesehen, auf dem sich der unterlegene pakistanische General Niazi beschämt vor dem indischen General Arora verneigt und die Kapitulation unterzeichnet. Dr. Wakankars Achtung vor der Tapferkeit der Sikhs und dem Opfer, das sie für ihr Vaterland auf sich genommen hatten, kannte keine Grenzen: »Gelobt sei der große Gobind Singh!« Dieser hatte jedoch zur Verteidigung der Hindus zum Schwert gegriffen.

In der kleinen Lehmhütte flackerte nur eine Petroleumlampe. Harvansh Pandits Zustand war erbärmlich. Er musste um jeden Atemzug kämpfen. Kaum hatte er ausgeatmet, schnappte sein ausgemergelter Körper schon wieder nach Luft.

Der Blick, mit dem er Dr. Wakankar ansah, war ohne jede Hoffnung. Seine Augen waren hervorgetreten, sahen jedoch keineswegs bedrohlich aus, sondern brachten das Flehen eines armen und betrogenen Brahmanen zum Ausdruck, der sein ganzes Leben lang gehungert hatte. Das Flehen, noch für ein paar Atemzüge am Leben bleiben zu dürfen.

Dr. Wakankar konnte seinen Anblick nicht ertragen. Er spritzte ihm ein Schlafmittel und ließ ihn auf einem Ochsenkarren ins Erste-Hilfe-Zentrum bringen. Draußen regnete es inzwischen in Strömen. Es schlug gerade halb zwei. Der Wind fühlte sich wie scharfe, eisige Messerklingen an. Den Spuckenden Maharaj hatte man im Ochsenkarren auf eine Schicht Stroh gelegt und eine wasserdichte Plane darüber gespannt, um ihn vor dem Regen zu schützen. Nachdem er die Spritze bekommen hatte, war er in tiefen Schlaf gesunken und hatte sich nicht mehr gerührt.

Dr. Wakankar hatte schon viele Asthmatiker behandelt. Während eines Anfalls konnte man oft meinen, ihre letzte Stunde habe geschlagen. Aufgrund seiner jahrelangen Erfahrung wusste er jedoch, dass sie häufig nicht nur älter als andere Patienten, sondern auch älter als gesunde Menschen wurden. Er hatte erlebt, wie einige von ihnen mühelos ein Alter von achtzig oder neunzig Jahren erreicht hatten.

Der Spuckende Maharaj schlief tief und fest, er lag sozusagen in einem künstlichen Koma. Dr. Wakankar machte sich daher keine größeren Sorgen. Um Viertel nach drei gab er Schwester

Ponnamma die Anweisung, ihm eine Glukoseinfusion anzulegen. Schwester Ponnamma wohnte in einer Zweizimmerwohnung in Vidhanpur, die ihr das staatliche Krankenhaus zur Verfügung stellte. Sie war abgemagert und hatte einen Hautausschlag. Ihre Wohnung lag direkt neben dem Krankenhaus.

Dr. Wakankar kam um drei Uhr vierzig nach Hause zurück. Er war todmüde und konnte seine Augen kaum noch offen halten. Kälte, Nässe, Ruß und Müdigkeit, dazu der Geruch von Öl und Fett. Ihm fiel ein, dass er den ganzen Abend noch nichts gegessen hatte. Seine Frau und seine Töchter lagen im Bett und schliefen. Da er sie nicht wecken wollte, ging er direkt in die Küche. Das Geschirr war gespült und abgetrocknet. Er öffnete den Kühlschrank. Außer Milch, Tomaten und ein paar Bananen konnte er nichts Essbares finden. Er kehrte um und legte sich ins Bett. Es waren keine zehn Minuten vergangen, da schnarchte er bereits.

Um halb sechs klopfte es lautstark an der Haustür. Jyotsna stand auf und öffnete. Sie trug einen Unterrock und eine Bluse, beide völlig verschlissen. Der Himmel war noch immer wolkenverhangen, was für diese Jahreszeit untypisch war. Draußen stand eine völlig verwirrte Schwester Ponnamma, neben ihr Subhadra Kahar. Der Sohn des Spuckenden Maharaj, Pandit Bhola Shankar Dube alias Dickbäuchiger Maharaj, stand hinter ihnen. Da Jyotsnas linke Brust aus ihrer verschlissenen Bluse herausschaute, machte sie auf der Stelle kehrt und verschwand in der Wohnung.

Dr. Wakankar war kaum wach zu bekommen. Er schlief tief und fest. Als er endlich zu sich kam, waren seine Augen blutunterlaufen, so wie man es von hohem Blutdruck kennt.

Als ihm Schwester Ponnamma mitteilte, dass Harvansh Pandit gestorben war, dauerte es eine ganze Weile, bis er es begriffen hatte. Er war völlig perplex. Seine Müdigkeit war auf einmal verflogen. In diesem Zustand schlüpfte er in seine Sandalen und rannte, ohne sich zu waschen, ins Krankenhaus. Harvansh Pandits Witwe saß auf der Veranda und weinte laut. Neben ihr saßen zwei Frauen und einige Männer aus ihrem Dorf, unter ihnen auch Harvansh Pandits Schwiegertochter.

Dr. Wakankar untersuchte nun Patient Nummer 17 des Erste-Hilfe-Zentrums Vidhanpur, Herrn Harvansh Pandit alias

Spuckender Maharaj, Bewohner des Dorfes Virpur, Polizeirevier und Postamt Vidhanpur, Bezirk Raigarh, Postleitzahl 752 003. Sein lebloser Körper lag auf einem eisernen Bettgestell, eine Hand ruhte auf der Brust.

Dr. Dinesh Manohar Wakankar, Arzt und Doktor der Medizin, warf einen prüfenden Blick auf die Glukoseflasche am Ständer. Er begriff. Genau das hatte er befürchtet. Auf der durchsichtigen Flüssigkeit im Innern der Flasche trieben Schimmelpilze. Vermutlich stammte sie aus der illegalen Lieferung eines Pharmakonzerns und hatte ihr Verfallsdatum längst überschritten. »Mörder!«, zischte er. Dann betrachtete er das Datum auf dem Etikett. Jemand hatte versucht es mit einem Messer unkenntlich zu machen. Man konnte es jedoch noch entziffern.

Sobald Dr. D.N. Mishra, dem Chefarzt und Leiter des Erste-Hilfe-Zentrums Vidhanpur, neue Mittel zugeteilt wurden, kaufte er Apothekern und Vertretern dubioser Pharmakonzerne minderwertige und abgelaufene Medikamente zu Sonderpreisen ab und verkaufte sie gewinnbringend an seine Patienten weiter. Dr. Mishra hatte schon immer gut verdient. Nachdem Dr. Wakankar mehrmals dagegen protestiert hatte, wurden seine Rechnungen und Belege über einen längeren Zeitraum nicht mehr beglichen und sämtliche Urlaubsanträge und Reisekostenzuschüsse abgelehnt.

Dr. Mishra verstand sich blendend mit den Lokalpolitikern, den Geschäftsleuten sowie dem Steuereintreiber, dem Polizeiwachtmeister und den anderen Beamten. Um am späten Abend noch Karten spielen und Alkohol trinken zu können, hatten sie einen eigenen Offiziersklub gegründet. Eine exklusive Gesellschaft. Sie hatte sogar ihren eigenen Verhaltenskodex. Ihre Handbücher waren von der indischen Verwaltung über die Jahre hinweg zusammengestellt worden.

In einem von ihnen wurde beschrieben, wie man einem tadellosen, aber unerwünschten Untergebenen innerhalb des gesetzlichen Rahmens auf dezente Weise so zusetzten könne, dass er schließlich vor lauter Wut und Verzweiflung explodiert und man ihn vorschriftsgemäß ins Strafregister eintragen und verurteilen kann.

Dr. Wakankar geriet außer sich. Harvansh Pandits Witwe klagte erregt und mit zitternder Stimme ihr Leid; sie erschütterte das ganze Erste-Hilfe-Zentrum. Ihr Mann war in einem staatlichen Krankenhaus gestorben, weil man ihm eine abgelaufene und verunreinigte Infusion angelegt hatte. Man hatte ihn gewissermaßen ermordet. Der Spuckende Maharaj war ein zuverlässiges Mitglied der Regionalgruppe des Sangh gewesen und hatte geglaubt, er werde noch erleben, dass die Opferrituale wieder zunähmen, der Wiederaufbau der traditionellen Gesellschaftsordnung in Angriff genommen würde, es zur Gründung eines Hindustaates komme und er als Pandit wieder wie in den alten Zeiten gefragt sei. Dann hätte er sich Milchreis und Puris in sein Tuch gewickelt und von den Einladungen der Opferherren mit nach Hause genommen. Hätte er gestern das Foto der Generäle Arora und Niazi in den Zeitungen gesehen, er hätte seiner Begeisterung freien Lauf gelassen: »Herr Doktor, was sagen Sie dazu? Wieder ein Hindernis weniger. Jetzt steht den Hindus nichts mehr im Weg. Wir werden ein vereintes Indien erleben. Gelobt sei der große Arora …!« Dabei wäre ihm zweifelsohne Speichel aus dem Mund gelaufen, weshalb man ihn in seinem Dorf nicht unter seinem Namen Harvansh Pandit, sondern als Spuckenden Maharaj gekannt hatte.

Noch im Krankenhaus setzte Dr. Wakankar auf einem Blatt Papier, das seinen Briefkopf trug, ein schonungsloses Schreiben an den Chefarzt auf. Darin brachte er seine Meinung unmissverständlich zum Ausdruck:

Sie haben Harvansh Pandit getötet! Wegen korrupten und geldgierigen Ärzten wie Ihnen musste nicht nur er sterben. In unserem Land kommen auf diese Weise zahllose unschuldige Menschen ums Leben. Sie spielen ein teuflisches und hochkriminelles Spiel mit dem Leben Ihrer Patienten. Harvansh Pandit war ein Bürger dieses Landes; man hatte ihn in ein staatliches Krankenhaus eingeliefert. Er war ein Brahmane, und die heiligen Schriften kennen kein schlimmeres Vergehen, als einen Brahmanen zu töten. Ärzte Ihres Schlags sind nicht nur eine Schande für unsere Gesellschaft und für die Menschheit, sondern auch für den Hinduismus. Ich habe des Öfteren beobachtet, wie Sie mit Ihrer

Familie in einem nahegelegenen Tempel eine Gottheit angebetet, ihr Opfergaben dargebracht sowie Prasad und Charanamrit angenommen haben. Sofern Sie ein gläubiger Mensch sind, sollte Ihnen klar sein, dass Sie gesündigt haben. Auch nach Ansicht des Gesetzes haben Sie ein schweres Verbrechen begangen und müssten nach Paragraph 304 des indischen Strafgesetzbuchs wegen Mordes angeklagt werden.

Dr. Wakankars wütender Brief endete mit folgenden Worten:

Ich stecke gerade die Infusion, Ihre Bestellung beim Pharmakonzern Sharma über achtzig Flaschen Glukose sowie die Unterlagen über den aktuellen Lagerbestand des Krankenhauses ein. Ich habe Sie nicht nur einmal, sondern mehrfach, auf offiziellem wie inoffiziellem Weg, aufgefordert, Ihre korrupten und todbringenden Machenschaften zu unterlassen und keine minderwertigen Arzneimittel mehr zu bestellen, insbesondere, wenn es sich um lebensrettende Medikamente oder um intravenöse Spritzen handelt. Anstatt meine Bedenken ernst zu nehmen, haben Sie mit allen Mitteln versucht, mir das Leben schwer zu machen. Sie haben Harvansh Pandits Tod wissentlich in Kauf genommen und sind in Wirklichkeit ein Verbrecher!

Ich warne Sie: Hören Sie endlich mit Ihren kriminellen Machenschaften auf! Sie können sich nicht vorstellen, wozu ich sonst in der Lage bin. Das schwöre ich bei meinem Glauben, bei meinem Beruf und bei Gott.

Nach Harvansh Pandits Tod war Dr. Wakankar dermaßen niedergeschlagen und aufgewühlt, dass er den Brief in einen Umschlag steckte und ihn zusammen mit einem Schreiben, in dem er eine Woche Urlaub beantragte, bei Schwester Ponnamma abgab und nach Hause zurückkehrte.

Jyotsna und Puja sahen seine blutunterlaufenen Augen. Dr. Wakankar fiel in sein Bett und füllte kurz darauf das ganze Zimmer mit seinem Schnarchen.

An den roten Augen und dem röchelnden Schnarchen erkannte Jyotsna, dass er hohen Blutdruck hatte.

Der Versetzungsbefehl

Wakankars Schnarchen verstummte erst am folgenden Nachmittag gegen halb drei. Zu dieser Zeit klopfte es an der Haustür. Suresh Gupta, der Assistenzarzt des Erste-Hilfe-Zentrums, kam zu Besuch. Er war erst seit drei Jahren im Staatsdienst und ein Neffe Dindayal Guptas, eines leitenden Beamten des staatlichen Bauamts Vidhanpur. Über Dindayal Gupta, von allen nur DD genannt, erzählte man sich, dass er vor vier Jahren nach Vidhanpur gekommen war und seither zwischen dreieinhalb und vier Millionen Rupien eingestrichen hatte. Zu dieser Summe hatte er es gebracht, indem er bei bewilligten Projekten, also beim Bau neuer Brücken und Straßen sowie der Ausbesserung bestehender Straßen, mit den Unternehmern und Beamten gemeinsame Sache machte und regelmäßig Gelder veruntreute.

Dr. Suresh Gupta war also DDs Neffe.

Nachdem sie zusammen Tee getrunken hatten, appellierte er an Dr. Wakankar, er möge doch die Glukoseflasche, die Unterlagen über den Lagerbestand des Krankenhauses sowie die Bestellung beim Pharmakonzern Sharma an Dr. Mishra zurückgeben. Dieser möchte sich mit ihm treffen. Er wolle sich entschuldigen und sei sichtlich bestürzt.

Dr. Wakankar entgegnete, er habe kein persönliches Problem mit Dr. Mishra und heiße ihn gerne willkommen. Er sei jedoch nicht bereit, die Flasche und die Unterlagen herauszugeben, da er befürchte, Dr. Mishra werde ihn erledigen, sobald er die Beweismittel in seinen Händen habe. Er wolle sie nicht nur behalten, um ihn zu belangen, sondern auch zu seiner eigenen Sicherheit.

Noch am selben Abend gegen halb neun erhielt er Besuch von Dr. D.N. Mishra, dem Chefarzt und Leiter des Erste-Hilfe-Zentrums Vidhanpur. Obwohl Dr. Mishra Dr. Wakankars Chef war, verhielt er sich ihm gegenüber, als wäre Dr. Wakankar der Vorgesetzte.

Als Jyotsna ihnen einen Tee brachte, erhob sich Dr. Mishra und begrüßte sie mit ›Liebe Frau Wakankar‹. Es stellte sich heraus, dass er soeben aus Virpur gekommen war und Harvansh Pandits Witwe zehntausend Rupien gebracht hatte. Nachdem er sich mit Jyotsna unter vier Augen unterhalten hatte, versuchte sie ihrem Mann klar zu machen, dass man jetzt nichts mehr ändern könne und Dr. Mishra Harvansh Pandits Tod sehr bedaure. Er habe dessen Witwe bereits zehntausend Rupien gegeben und sei sogar bereit, den Betrag zu erhöhen, falls Dr. Wakankar dies wünsche. Dr. Mishra lobte ihn überschwänglich und betonte, die Gesundheitsbehörde sei auf so selbstlose und vorbildliche Ärzte äußerst stolz.

Am Ende ließ sich Jyotsna den Brief ihres Mannes mit dessen Zustimmung zurückgeben und händigte Dr. Mishra die Glukoseflasche und sämtliche Dokumente aus. Dr. Gupta trat noch am selben Abend dem Sangh bei. Respektvoll berührte er Dr. Wakankars Füße und gelobte, von nun an seinem Beispiel folgen und gegen die Betrügerei im Krankenhaus kämpfen zu wollen.

Dr. Wakankar trauerte. Harvansh Pandit war nicht an den Folgen eines Asthmaanfalls gestorben, man hatte ihn umgebracht. Am späten Abend schrieb er in sein Tagebuch:

Täglich fallen in unserem Land unzählige Menschen minderwertigen Medikamenten, giftigem Alkohol, organisierten Ganoven- und Verbrecherbanden sowie den Repressalien der Polizei und den staatlichen Schießbefehlen zum Opfer. Dabei spielen Glaube und Religion keine Rolle. Es hat sich ein kriminelles und durch und durch korruptes System etabliert, das keine Rücksicht darauf nimmt, ob von seinen Gewalttaten und Überfällen Hindus, Muslime oder Anhänger anderer Religionen betroffen sind. Auch in Bangladesh haben Muslime ihre eigenen Glaubensbrüder niedergemetzelt und massenweise Frauen vergewaltigt. Sie haben die Häuser und Dörfer zahlloser Menschen zerstört, die gerade einmal zwanzig Jahre zuvor aus Indien vertrieben worden waren, und ihnen erneut das Dach über dem Kopf genommen.

Auch in unserem Land werden die Hindus fast nur von ihren eigenen Glaubensbrüdern getötet. Dr. Mishra und Harvansh

Pandit waren Hindus. Selbst diejenigen, die mit gefälschten, lebensgefährlichen Medikamenten Handel betreiben, sind Hindus. Nicht wenige von ihnen befürworten sogar einen reinen Hindustaat und unterstützen den Sangh unter anderem mit finanziellen Mitteln.

Am Ende der Seite hatte er noch eine Frage notiert:

Ich wüsste zu gerne, welche Gesinnung ein zukünftiger Hindustaat widerspiegeln würde, die Dr. D.N. Mishras oder die des Spuckenden Maharaj.

Dr. Wakankar hatte nun eine Woche Urlaub. Während dieser Zeit ging er zwar nicht ins Krankenhaus, aber jeden Abend zum Treffen des Sangh. Dort berichtete ihm Kamerad Ram Snehi, dass Dr. Gupta bereits die unglaublichsten Geschichten über ihn erzählt habe, und das obwohl er erst seit drei Tagen in den Sangh komme. Er könne nur hoffen, dass ihn nicht Dr. Mishra geschickt habe, um Dr. Wakankars Rückhalt im Sangh zu untergraben.

Am fünften Tag wurde Dr. Dinesh Manohar Wakankar auf Anordnung des Amtsarztes Dr. S.N. Agnihotri unter dem Aktenzeichen 26/D1371 vom Bezirkskrankenhaus in das Erste-Hilfe-Zentrum im weit entfernten Städtchen Dhingar versetzt, das in einem überwiegend von Stammesvölkern bewohnten Gebiet lag. Er wurde aufgefordert, seinen gesamten Zuständigkeitsbereich innerhalb von achtundvierzig Stunden an Dr. Suresh Gupta zu übergeben. Am nächsten Tag veröffentlichte das Wochenblatt RAIGARHS STIMME, das von der dortigen Bezirksverwaltung herausgegeben wurde, einen Brief, den Harvansh Pandits Witwe Karmavati an den Collector geschrieben hatte. Darin machte sie Dr. Wakankar für den Tod ihres Mannes verantwortlich und forderte eine genaue Untersuchung der Todesumstände.

Jyotsna war nicht bereit dieses hinterlistige Verhalten hinzunehmen. Sie brach in Tränen aus und wollte auf der Stelle zu Dr. Mishra, um ihm ordentlich die Meinung zu sagen. Dr. Wakankar hatte noch versucht, sie davon abzubringen, aber sie sagte nur: »Diesem fiesen Betrüger werde ich die Augen auskratzen!«

Als sie am Haus von Dr. D.N. Mishra, dem Chefarzt und Leiter des Erste-Hilfe-Zentrums Vidhanpur, ankam, waren dort alle Türen verschlossen.

Er war, wie sie erfuhr, mit seiner Familie nach Dehra Dun gefahren und verbrachte dort einen zweiwöchigen Urlaub auf Staatskosten.

Strafkolonie Kala Pani

Es lag nun fast vierzehn Jahre zurück, dass Dr. Wakankar von Vidhanpur nach Dhingar gekommen war. Seither war er weder befördert noch versetzt worden. Man hatte lediglich sein Jahresgehalt regelmäßig erhöht.

In Dhingar führte er ein glückliches Leben. Dabei hatte man ihn eigentlich zur Strafe dorthin geschickt. Seine Bücher und Zeitschriften trafen in dem Stammesgebiet zwar immer mit Verspätung ein, dafür konnte er seiner Arbeit jedoch ohne größere Behinderungen nachgehen.

Das malerische Städtchen Dhingar erstreckte sich von einem Gipfel des Satpura-Gebirges bis zu dessen Fuß. Die Straßen waren miserabel und wenig befahren, die neuesten Konsumartikel, die man in einer Stadt problemlos bekommen hätte, waren in keinem Laden zu finden. Es gab außer Lemon Soda, Lassi und Zitronenlimo keine Softdrinks, und nach Gasflaschen brauchte man erst gar nicht zu suchen. Zwar hatten sich einige Bewohner mit staatlicher und genossenschaftlicher Unterstützung große Behälter zur Herstellung von Biogas anfertigen lassen, diese standen jedoch seit langem ungenutzt herum.

Dr. Wakankar arbeitete auch in Dhingar für den Sangh. Dabei fiel ihm auf, dass sich Angehörige niederer Kasten und Adivasis weder für den Sangh noch für hindunationalistische Politik interessierten. Hatte er sie einmal dazu gebracht, zu einem Treffen des Sangh zu kommen, verloren sie schon bald wieder jegliches Interesse. Für eine solche Organisation, stellte er fest, interessierten sich nur Kaufleute, Unternehmer, Beamte und Höherkastige.

Dr. Wakankar schrieb in sein Tagebuch:

Manchmal frage ich mich, ob unsere großen Denker wie Swami Rama Tirtha, Vivekananda oder Ramakrishna Paramahamsa und unsere Heiligen aus dem Mittelalter wirklich diesen Weg gemeint haben. Ich bezweifle, dass es dem Sangh darum geht, die Hindus wachzurütteln und die klassische Gesellschaftsordnung wiederaufzubauen. Offensichtlich ist er nur daran interessiert sich selbst und die ihm nahestehenden politischen Gruppierungen an die Macht zu bringen.

Dhingar war eine große Region. Da die Bevölkerung in den letzten zehn Jahren stark gewachsen war, hatte man aus ihr einen eigenständigen, den Stammesvölkern vorbehaltenen Wahlkreis gemacht. Bei den Wahlen und in der Politik hielten jedoch nur Nicht-Adivasis die Fäden in der Hand. Zum Abgeordneten hatte man den Stammesangehörigen Bhulai Sadho gewählt, obwohl allgemein bekannt war, dass er für den Mafiaboss der Region Tribhuvan Singh arbeitete.

Dr. Wakankar sollte in Dhingar seine Strafe verbüßen – so hatte es sich zumindest die Regierung des demokratischen Indiens gedacht. Ein Beamter wäre von sich aus nie auf die Idee gekommen, nach Dhingar zu gehen. War man in einer Behörde mit einem Untergebenen unzufrieden, dann drohte man ihm: »Du Nichtsnutz, wenn du weiterhin solchen Unfug anstellst, dann schicke ich dich nach Dhingar!« Dr. Wakankar wohnte dort alleine in einer staatlichen Wohnung. Da es in Dhingar kein College gab, hatte er seine Familie nach Lalitpur schicken müssen. Während sie in Vidhanpur nur ein Kind gehabt hatten, waren in den letzten vierzehn Jahren drei weitere dazugekommen: Upasna, ›Ehrfurcht‹, Prarthna, ›Gebet‹, und Tapasya, ›Entsagung‹.

In Dhingar beschäftigte sich Dr. Wakankar intensiv mit der Lebensweise, den Essgewohnheiten und der traditionellen Medizin der Oraon, Baiga, Gond, Kol, Dhanwar und anderer Stammesvölker. Außerdem arbeitete er über den bei diesen Stämmen zu findenden Wechsel der Farben durch die Jahreszeiten hindurch. Vier Aufsätze von ihm erschienen dazu in internationalen Fachzeitschriften. Zweimal wurde er sogar nach Deutschland und einmal nach London eingeladen, konnte die Einladungen jedoch nicht wahrnehmen, da er von seiner Behörde zu spät informiert worden war und man ihm mehrere Hindernisse in den Weg gestellt hatte. Dr. Wakankar blieb also in Dhingar.

Von der dortigen Bevölkerung erfuhr er, dass sich vor seiner Ankunft kein Adivasi in das staatliche Krankenhaus des Städtchens getraut hatte. Ein Arzt, dachte jeder, das ist ein Wachtmeister, der seine khakifarbene Uniform gegen Kittel und Hose tauscht und jedem männlichen Patienten Eier und Leber abnimmt, woraus Schokolade für die Damen in Delhi hergestellt wird.

In Dhingar hatte man seit sechs Jahren Fernsehempfang. Was man auf den Mattscheiben zu sehen bekam, war allerdings nirgendwo zu bekommen. Es gab keine Magginudeln, keine Videospiele von Samurai oder Atari und keine Pflegeseife von Palmolive. Keine Frau stellte dort Brust, Rücken, Taille und Achseln in einem Garden-Vareli-Sari schamlos zur Schau. Auch stand nirgendwo ein Mädchen splitternackt unter einer Dusche oder einem Wasserfall und schäumte seinen Körper vor den Augen unzähliger Menschen mit der Lavendelseife von Liril oder Pond's ein.

Dafür bekam man in Dhingar aber frisches Gemüse: Es gab Flaschen- und Wachskürbisse, Luffagurken, Guaven, Spinat und vieles mehr. Milch und Butterschmalz waren zwar teuer, aber von bester Qualität. Die verschiedensten Reissorten waren erhältlich, und der gekochte Reis schmeckte vorzüglich.

In dieser ländlichen Region gab es keine Anzeichen von Kriminalität. Das Leben verlief äußerst geruhsam und friedlich.

Der Besuch des Premierministers wird angekündigt

Eines Tages hieß es, der indische Premierminister werde in Kürze nach Dhingar kommen. Für das Mittagessen war ein Blockhaus auf dem Gipfel des Berges vorgesehen, das noch aus den Zeiten der Engländer stammte und vom staatlichen Bauamt als Gästehaus genutzt wurde. Am Nachmittag werde er dann gegen halb vier auf einer freien Fläche im Tal zu den Stammesvölkern sprechen. Sein Hubschrauber werde auf dem Landeplatz der Plantage in Lalganj landen, drei Kilometer von der Siedlung am Fuß des Berges entfernt.

Alles befand sich in heller Aufregung. Einfach unglaublich: Der Premierminister hier in Dhingar, den Andamanen und Nikobaren des unabhängigen Indiens. Das erste bedeutende Kapitel in der Geschichte der ›Strafkolonie‹.

Geländewagen fuhren umher. Lastwagen tauchten auf. Nicht nur die staatlichen Gebäude, auch sämtliche Geschäfte und Wohnhäuser entlang der Hauptstraße erhielten einen Anstrich mit Snowcem oder wurden getüncht. Man schmückte die Straßenränder zwischen Dhingar und Lalganj mit ocker- und kalkfarbenen Ziegelsteinen. In kurzen Abständen spannte man Spruchbänder über die Straße: ›Der Wahlkreis Dhingar heißt seinen Premierminister willkommen!‹

Auf der Plantage in Lalganj umzäunte man den Landeplatz mit Stacheldraht; um die freie Fläche im Tal stellte man Masten auf, verlegte Kabel und brachte an jedem Masten einen Lautsprecher an; in der Mitte errichtete man auf einer Plattform aus Ziegelsteinen und Zement ein Holzpodest. Auf dieses stellte man Stühle, die zuvor aus der Bezirks- und aus der Landeshauptstadt herbeigekarrt worden waren.

Von diesem Podest aus würde der Premierminister zu den Einwohnern Dhingars sprechen, seine Rede würde per Lautsprecher auf den Berg, in die Ebene und in den Wald übertragen werden: Beseitigt die Armut ... Fortschritte ... Probleme des Volkes ... die Regierung handlungsbereit ... eine glänzende Zukunft ... hoch lebe Indien, hoch lebe Indien, eine Blumengirlande, hoch lebe Indien, gefaltete Hände, ein lächelndes Gesicht und auf dem Kopf einen Turban, wie ihn die Stämme der Baiga und Oraon tragen.

Man erfuhr, dass sich der Premierminister den Karma-Saila-Tanz der Stammesvölker anschauen werde und, falls er ihm besonders gut gefalle, sich einen Mahua-Schnaps genehmigen und mittanzen wolle.

Überall in Dhingar war nur noch davon die Rede, dass der Premierminister einen Turban tragen, Karma tanzen und Schnaps trinken werde. Der Collector hatte den Schamanen Sohna Baiga mit der Herstellung eines reinen Mahua-Schnapses beauftragt. Ein höllenstarkes Zeug, das sofort Feuer fängt, wenn man es mit der Hand auf die Wand reibt. Außerdem war zu hören, dass der Premierminister von mehreren hohen Tieren und Journalisten aus Delhi begleitet würde. Die wollten den Schnaps natürlich auch probieren. Sogar das Fernsehen war im Anmarsch.

Und das Gästehaus? Ein Blockhaus auf dem Bergplateau, das noch aus den Zeiten der Engländer stammte. Dort hatten sich früher die englischen Beamten und die Fürsten von Rewa und Surguja aufgehalten und große Jagden sowie Festessen unter freiem Himmel veranstaltet.

Das Blockhaus war schon von weitem zu sehen. Die Lastwagen brachten lange Eisenmasten aus Korba. Auf dem Berggipfel leuchteten Quecksilberlampen. Selbst in der Nacht war es taghell. Schließlich wollte man alle Vorkehrungen getroffen haben, falls der Hubschrauber nicht mehr abheben konnte und der Premierminister im Blockhaus übernachten musste.

Vom Fuß des Berges bis zum Gipfel hatte man die Straßenränder mit bunten Backsteinen geschmückt. Eine Glühbirne hing neben der anderen. Es war strahlend hell. Überall flatterten kleine Papierdrachen an Bindfäden. Zudem hatte man grüne, blaue, gelbe und violette Fähnchen aufgehängt.

Der Collector N.S. Khare, Beamter des IAS, hatte in Dhingar Quartier bezogen. Er war fünfunddreißig. Die Prüfungen des IAS hatte er als junger Mann nach einer langen Vorbereitungszeit in Rau's Coaching Center bestanden. N.S. Khare war ein begeisterter Reiter und Bridgespieler, stand auf Pornos und Schmiergelder und redete wie der Schauspieler Shatrughan Sinha.

Alle waren sie nach Dhingar gekommen: Der Superintendent, der stellvertretende Generalinspektor, der Kommissar, der Steuereintreiber und der Block Development Officer. Und alle waren sie schwer beschäftigt. Die Beamten aus der Abteilung für Öffentlichkeitsarbeit und der Gesellschaft zur Förderung der Stammesvölker zeigten den Adivasis, wie sie ihre Tänze aufzuführen hatten. Sie mussten ja schließlich vor den Augen des Premierministers tanzen. Bei einer gelungenen Vorführung würde man sie bestimmt nach Delhi einladen und ihnen ein ordentliches Trinkgeld geben. Den Frauen gab man zu verstehen, dass sie auf keinen Fall Blusen tragen dürften. Die Brust sollte mit dem Saum ihres Saris bedeckt sein. Wer einen Hängebusen hatte, musste weiter hinten bleiben. Während der Vorbereitungen für den Besuch des Premierministers wurde Dhingar unter unzähligen Autoreifen und Schuhpaaren regelrecht platt gewalzt. Dafür waren also die siebenhunderttausend Rupien ausgegeben worden. Alle hatten sich in Dhingar eingefunden und alle waren schwer beschäftigt: Herr Agrawal, der Leiter der Baubehörde; Herr Khanna, Eigentümer von hundertfünfzig Lastwagen der Firma All India Transport; Tribhuvan Singh, der Boss der Kohlemafia, der Kohle aus den Bergwerken schmuggelte und mit gefälschten Papieren verkaufte; Pahlwan Inderbhan Singh, der im ganzen Bezirk gefürchtete Ganove, sowie Herr Jawahar Jain, der die Lizenzen zum Schnapsbrennen besaß. Unter dem Terror der Schurken und Steuerbeamten, die diese Herren in ihrem Schlepptau mit sich führten, erzitterte das ganze Stammesgebiet.

Herr Kadiya, Eigentümer mehrerer Tankstellen, der dem Mobil-Öl Benzin und Erdöl beimischte und es als Diesel verkaufte; Herr Jadeja von der Kalk- und Zementfabrik; Herr Natwarlal, Großverdiener und Herausgeber der STIMME DES VOLKES, ein ›Verwandlungskünstler‹ wie er im Buche steht, der seine Papierkontingente illegal verkaufte, ein Anhängsel der Beamten und Abgeordneten war und regelmäßig im Staatsfernsehen bei den Dichtertreffen zu bestaunen war ... und so weiter und so weiter.

Das Städtchen Dhingar wimmelte von Beamten. Die Vorbereitungen liefen auf Hochtouren. Die Polizei, die Sicherheitskräfte, die Kommission zur Überwachung öffentlicher Gelder, ein Zelt neben dem anderen. Überall Uniformen. Dazu Jeeps, Lastwagen, Autos und Motorräder.

In den Dörfern um Dhingar ging es dagegen ausgesprochen ruhig zu. Außer zum Markt machten sich die Adivasis selten auf den Weg zum Städtchen. Vom Staat kannten sie nur die Polizei, die Eintreiber der Alkoholsteuer und den Katasterbeamten, die allesamt in ihre Hütten eindrangen, ihnen die Hühner wegnahmen, die Krüge zur Schnapsherstellung kaputtschlugen, ihren Samen in den Unterleib der Frauen und Mädchen spritzten und sie verdroschen. In Sindwari, Borari, Pondi, Khanda, Bakeli, Navaniya und den anderen Dörfern war man der Ansicht, es wäre das Beste, wenn man erst gar nicht in Dhingar erscheinen müsse. Mikhna Baiga, der Priester des Dorfes Borari, hatte im Thakur-Dei-Tempel extra ein Huhn geopfert, um zu verhindern, dass der Premierminister nach Dhingar kommt.

Datum und Uhrzeit für dessen Besuch standen jedoch schon fest. Sämtliche Beamten nahmen nun die umliegenden Dörfer in Angriff. Der Katasterbeamte hatte den Dorfbewohnern gedroht, man würde ihnen das Land wegnehmen, sollten sie nicht in Dhingar erscheinen. Kämen sie jedoch, würde der Premierminister ihnen höchstpersönlich eine Eigentumsurkunde überreichen. Der Block Development Officer hatte den Adivasis versprochen, dass der Premierminister ihnen in Dhingar Gelder für den Brunnenbau und den Kauf von Ochsen und Kühen überreichen würde. Zunächst würde es sich zwar um einen Kredit handeln, diesen wolle man ihnen später jedoch erlassen.

Auch der Wachtmeister und die Polizisten hatten gedroht: »Wenn ihr nicht in Dhingar erscheint, dann kommen wir mit Schlagstöcken in eure Hütten. Kommt dann ja nicht auf die Idee, euch zu beschweren oder jemand zu verklagen.« Die Bauern aus den höheren Kasten, die Großgrundbesitzer, die Kaufleute und Geldverleiher schimpften: »Diese Hornochsen! Scheiß-Hinterwäldler! Der Premierminister beehrt unseren Wahlkreis mit seinem Besuch, und diese Kerle haben nichts Besseres zu tun, als sich im Wald zu verkriechen und in der Gegend rumzukacken. Diese verdammten Ureinwohner sind doch selbst daran schuld, dass sie so dumm und rückständig geblieben sind!«

Es wurde festgelegt, wie viele Kol, Baiga, Gond und Saunta, wie viele Bhariya, Agriya, Dhimar, Harijan und Dhanwar aus den Bezirken der Katasterbeamten und den Einzugsgebieten der Schulen und Polizeistationen nach Dhingar gebracht werden sollten. Zusätzlich versuchte jeder Beamte, so viele Adivasis wie möglich aus seinem Bezirk herbeizuschaffen und seinem Vorgesetzten damit einen Gefallen zu tun. Ja sogar Unternehmer, Ganoven, Politiker und Schnapsbrenner flitzten in ihren Autos und Dienstwagen von Dorf zu Dorf.

So hatte der Staat alle Vorkehrungen getroffen, um die Stammesangehörigen aus den Hütten und Wäldern zu holen und dem Premierminister vorzuführen.

Epidemie und Collector

Mich beschäftigt immer wieder die zentrale Frage, was sich in den letzten hundert bis hundertfünfzig Jahren am Verhältnis zwischen den politischen Machthabern und dem Volk geändert hat. Spricht man mit den älteren Stammesangehörigen aus den Dörfern um Dhingar, stellt man fest, dass ihnen die alten Zeiten gut gefallen haben. Dafür gibt es im Wesentlichen zwei Gründe: Zum einen waren die Wälder damals noch nicht so stark zerstört, zum anderen mischten sich Staat und Außenwelt noch nicht in ihre Angelegenheiten ein.

Die Straßen, glauben sie, habe der Staat nur gebaut, weil er aus den Wäldern Holz abtransportieren, in den Bergen Bodenschätze abbauen, ihnen die Unabhängigkeit rauben und sie unterdrücken wollte.

Dieser Eintrag stammte aus jenen Tagen. Darunter hatte Dr. Wakankar noch notiert, welche Schlüsse daraus zu ziehen seien:

Ich stimme ihnen im Wesentlichen zu. Hätte man die Straßen wirklich zu ihren Gunsten gebaut, dann würden sie auch über die entsprechenden Fahrzeuge verfügen. Dies ist jedoch nicht der Fall.

Dr. Wakankar wurde benachrichtigt, dass in den Dörfern Pondi und Khanda mehrere Fälle von Cholera aufgetreten waren. Er hatte den Amtsarzt in der Bezirkszentrale daraufhin vorschriftsgemäß in Kenntnis gesetzt, jedoch keine Antwort erhalten. In der Zwischenzeit hatte er erfahren, dass es zu vier weiteren Todesfällen gekommen war. Er schickte dem Amtsarzt ein zweites Schreiben, bekam jedoch wiederum keine Antwort. Drei Tage später erhielt er die Mitteilung, dass sechs weitere Stammesangehörige gestorben waren, darunter drei Kinder und zwei Frauen. Unter den insgesamt sechzehn Opfern waren nun schon neun Kinder.

Dr. Wakankar suchte mit seinem Roller die von der Cholera betroffenen Dörfer auf. Es war Mai. Wegen der unerträglichen Hitze war wahrscheinlich ein Wasserreservoir verseucht, das zwischen mehreren Dörfern lag und deren Versorgung gewährleistete. Wenn es nicht umgehend gelang, die Seuche durch entsprechende Maßnahmen einzudämmen, musste man mit einer weiteren Ausbreitung rechnen.

Von den Adivasis erfuhr er, dass es in dieser Region zum ersten Mal nach der großen Hungersnot 1942 zu einer Choleraepidemie gekommen war. Damals hatten noch die Engländer regiert und Mr. Philips war als Collector für den Bezirk zuständig gewesen. Da er zur Eindämmung der Seuche gezielt administrative Maßnahmen ergriffen hatte, waren damals nur wenige Menschen gestorben. Und das, obwohl es in Dhingar weder ein Erste-Hilfe-Zentrum noch einen staatlichen Arzt gegeben hatte. Damals hatte die Region noch nicht einmal über richtige Straßen verfügt. Diese hatte man tatsächlich erst acht Jahre nach der Unabhängigkeit bauen lassen, um die Wälder abzuholzen, mit Ebenholzblättern und Schellack Geschäfte zu machen und den in der Region entdeckten Bauxit abzutransportieren.

Am nächsten Morgen erhielt Dr. Wakankar gegen halb elf die Mitteilung, dass in Pondi zwei weitere Kinder gestorben waren. Er wusste, dass sich Collector Khare, Beamter des IAS, um diese Zeit im Gästehaus der Behörde für Bewässerungsfragen aufhielt. Also machte er sich mit seinem Roller auf den Weg.

Im Gästehaus herrschte Hochbetrieb. Superintendent, stellvertretender Collector, Steuereintreiber und Polizeiwachtmeister saßen dort unter anderem mit Inderbhan Singh, dem im ganzen Bezirk gefürchteten Verbrecher, und Tribhuvan Singh, dem Boss der Kohlemafia, zusammen. Der Collector besprach gerade mit Herrn Jain, dem Schnapsbrenner, die überaus wichtige Frage, wie man den Besuch des Premierministers organisieren könne. Unter größten Schwierigkeiten gelang es Dr. Wakankar, einen Moment für ein Gespräch mit dem werten Herrn Collector abzupassen.

Collector Khare gab ihm jedoch sogleich zu verstehen, dass er gerade keine Zeit habe und Dr. Wakankar sein Anliegen in aller Kürze vortragen müsse. Dr. Wakankar berichtete ihm, dass sich die Epidemie inzwischen schon auf fünf Dörfer ausgebreitet habe und bereits sechzehn Menschen an ihr gestorben seien. Er forderte die Bezirksverwaltung dazu auf, umgehend die notwendigen Maßnahmen einzuleiten, um weitere Todesfälle zu verhindern.

Collector Khare lachte: »Sie sind ja wirklich so, wie man Sie mir beschrieben hat. Dabei sind Sie doch einer von uns. Kommen Sie mir jetzt bloß nicht mit irgendwelchen politischen Dingen. Sie könnten doch genauso gut den Behörden dabei helfen, die Reise des Premierministers zu organisieren. Danach kümmern wir uns dann um Ihre Angelegenheit.«

Ernst und aufrichtig beteuerte Dr. Wakankar, dass es ihm nicht um Politik gehe. Vielmehr breite sich der Brechdurchfall mit rasender Geschwindigkeit aus; es bestehe die Gefahr, dass er auf die umliegenden Dörfer übergreife und die Situation außer Kontrolle gerate. In erster Linie würden ihm dann Kinder zum Opfer fallen. Der Collector entgegnete, dass sich Dr. Wakankar noch zwei Tage gedulden müsse. Danach werde er sich umgehend um die Angelegenheit kümmern.

Resigniert erwiderte Dr. Wakankar: »Es wäre wirklich vernünftiger, Sie würden mir heute für ein paar Stunden einen Jeep zur Verfügung stellen. Dann könnte ich zumindest das verseuchte Reservoir desinfizieren und dafür sorgen, dass man das Wasser wieder bedenkenlos trinken kann. Dabei könnte ich auch gleich diejenigen ins Krankenhaus bringen, über deren Gesundheitszustand man sich ernsthaft Sorgen machen muss.«

Als sich der Collector daraufhin bei dem Block Development Officer und dem Superintendenten erkundigte, erhielt er zur Antwort: »Sir, wir haben heute einen straffen Zeitplan. Die Route unserer Wagen ist bereits festgelegt. Nein, heute geht es beim besten Willen nicht mehr. Herr Wakankar soll sich morgen früh nochmals melden.«

In dieser Nacht schlief Dr. Wakankar nicht sonderlich gut. Er lag lange Zeit wach und schrieb in sein Tagebuch:

In ihren Blicken gab es keine Anzeichen einer Beunruhigung oder Anteilnahme. Würden sie sich auch so verhalten, wenn eines ihrer eigenen Kinder sterben würde? Bin ich wirklich solch ein Idealist? Ich denke nicht. Hätte es denn dem Staat oder einer Behörde geschadet, wenn man mir für zwei Stunden einen Jeep zur Verfügung gestellt hätte und ich ein paar Menschenleben hätte retten können?

War am Ende der ganze Staatsapparat eine parallele Welt, die ausschließlich für sich selbst sorgte?

Vielleicht profitiert er ja davon, dass die Menschen an Hunger, Armut und Seuchen sterben.

Bedeutet Demokratie in unserem Land denn nur, dass das Volk wählen kann, von welchen feindseligen Regierungsmitgliedern es beherrscht wird?

Als Dr. Wakankar am nächsten Morgen wegen des Jeeps ins Gästehaus kam, war er bereits über den Tod eines achtjährigen Jungen vom Stamm der Gond unterrichtet worden. Im Gästehaus hatte er jedoch keine Gelegenheit, sich an den Collector zu wenden, während ihn unter anderem Tribhuvan Singh, der Boss der Kohlemafia, und Herr Natwarlal, der betrügerische Herausgeber der STIMME DES VOLKES und gleichzeitige Dauergast bei den Dichtertreffen im Staatsfernsehen, ein ›Verwandlungskünstler‹ wie er im Buche steht, problemlos sprechen konnten.

Als Herr Khare, nachdem er bereits seit eineinhalb Stunden auf ihn gewartet hatte, endlich nach draußen kam, erinnerte ihn Dr. Wakankar an das Gespräch vom Vortag. Der Collector hatte alle Hände voll zu tun. Er zeigte auf seine Uhr und fuhr Dr. Wakankar scharf an: »Haben Sie eigentlich noch alle Tassen im Schrank? Vielleicht schauen Sie mal auf die Uhr! Bis zur Ankunft des Premiers sind es nicht einmal mehr vierundzwanzig Stunden. Verschonen Sie mich jetzt bitte mit ihren politischen Ansichten!«

Dr. Wakankar fiel ihm ins Wort: »Dasselbe haben Sie gestern auch schon gesagt. Mir geht es wirklich nicht um Politik. Ich möchte Sie lediglich darum bitten, mir einen Jeep zur Verfügung zu stellen.«

Collector Khare wurde wütend. Man hatte eine Hotline nach Delhi und Bhopal eingerichtet. Er wurde daher ununterbrochen um Auskunft gebeten und erhielt eine Anweisung nach der anderen. Es ging gerade um die heikle Frage, wie man die Sicherheit des Premierministers gewährleisten könne. Die Naxalitenbewegung fasste in dieser Region gerade Fuß. Selbst die christlichen Missionare beobachtete man schon argwöhnisch. »Jeep, Jeep, Jeep! Seit gestern hört man von Ihnen nichts anderes mehr. Sehen Sie denn nicht, um was für dringende Angelegenheiten wir uns kümmern?«, brüllte Collector Khare.

Dr. Wakankar gefiel es ganz und gar nicht, dass er in aller Öffentlichkeit zusammengestaucht wurde. Er starrte ihn wütend an und wollte gerade selbst die Stimme erheben, als der Collector vollkommen ausrastete: »Verschwinden Sie jetzt endlich! Ich werde Ihnen bestimmt keinen Jeep geben! Willst du mir etwa frech kommen, na sag schon?«

Alle lachten. Da baute sich Dr. Wakankar vor Collector Khare auf und sagte ernst und weithin hörbar: »Ich habe den Amtsarzt in der Bezirkszentrale gemäß der Landesverordnung von 1958, Katalog 3A, Ziffer 1122, bereits vor einer Woche, also am siebten Mai, über die Epidemie im Zuständigkeitsbereich meines Erste-Hilfe-Zentrums in Kenntnis gesetzt und vorschriftsgemäß einen Durchschlag per Einschreiben an Ihre Dienststelle geschickt. Vier Tage später, also am elften Mai, habe ich ein weiteres Schreiben an den Amtsarzt aufgegeben und Ihnen wiederum ordnungsgemäß einen Durchschlag zukommen lassen. Bislang habe ich von niemandem eine Antwort erhalten. In der Landesverordnung von 1958, Katalog 3A, Ziffer 1123/1124, wird ausdrücklich darauf hingewiesen, dass der Collector verpflichtet ist, sollte sich in seinem Zuständigkeitsbereich eine Epidemie ausbreiten, auf Verlangen des ranghöchsten Arztes umgehend die benötigen Fahrzeuge und alle übrigen Hilfsmittel zur Verfügung zu stellen. Sollte er sich weigern, dieser Anordnung nachzukommen, verstößt er gegen seine Dienstpflicht, was in jedem Fall ein Disziplinarverfahren zur Folge hat.«

Nachdem er dies in einem Atemzug gesagt hatte, fuhr er lächelnd fort: »Herr Khare, geben Sie mir jetzt endlich eine klare

Antwort. Werden Sie mir einen Jeep zur Verfügung stellen oder nicht?«

Collector N.S. Khare, Beamter des IAS, der in Rau's Coaching Center sämtliche Prüfungsfragen der letzten fünf Jahre gepaukt und so eine Stelle im Verwaltungsdienst ergattert hatte, starrte Dr. Wakankar einen Moment lang verdutzt an. Dann wandte er sich schreiend an den Superintendenten: »Herr Dabral, schaffen Sie mir endlich diesen Irren vom Hals. Ich mache sonst noch irgendwelche Dummheiten.«

Superintendent Dabral legte Dr. Wakankar die Hand auf die Schulter und führte ihn nach draußen. Herrn Dabral kannte man als äußerst sanftmütigen Beamten, der nur manchmal, wenn er etwas getrunken hatte, einen ziemlichen Unsinn von sich gab. Trotz seiner sechsundvierzig Jahre war er noch immer von seiner Anziehungskraft und seinem jugendlichen Erscheinungsbild überzeugt, benahm sich gegenüber Frauen und Mädchen jedoch selbst in Uniform wie ein schüchternes Kätzchen.

Allerdings war er auch dafür bekannt, niemals mit der Ausführung eines Befehls zu zögern. Dies reichte vom Verhängen einer Ausgangssperre bis zum Gebrauch von Schusswaffen.

Herr Dabral redete vor dem Gästehaus beruhigend auf Dr. Wakankar ein und schickte ihn anschließend nach Hause.

Dr. Wakankar war sichtlich gekränkt zurückgekehrt. In Dhingar hatte sich unter den Beamten und Ladenbesitzern bereits herumgesprochen, dass ihm der werte Collector ordentlich zugesetzt hatte. Es hätte nicht mehr viel gefehlt und er wäre mit den Schuhen auf ihn losgegangen.

Herr Dabral, hörte man, habe ihm zudem zu verstehen gegeben, dass der Staat seine Verbindung zum Sangh bestens kenne und man ihn, sollte er seinem Unmut allzu deutlich Ausdruck verleihen, noch vor der Ankunft des Premierministers in Gewahrsam nehmen werde, da er eine Gefahr für die öffentliche Sicherheit darstelle.

Im Erste-Hilfe-Zentrum steckte Dr. Wakankar die einzige vorrätige Packung des Desinfektionsmittels Kaliumpermanganat ein und fuhr zusammen mit dem Assistenzarzt Gopinath Yadav auf dem Roller zum verseuchten Wasserreservoir, das fünfzehn

Kilometer entfernt in der Nähe der beiden Dörfer Khanda und Pondi lag.

Die Abenddämmerung senkte sich gerade vom Wald auf das Reservoir herab. Die Wasseroberfläche war vollkommen ruhig. Es roch nach Algen, Fischen, Schlamm und fauligen Blättern. Dr. Wakankar warf einen Blick auf das Kaliumpermanganat. Es waren kaum fünfzig Gramm.

Er fühlte sich unendlich einsam und hilflos; die Tränen standen ihm in den Augen. Warum geschah so etwas immer ihm? Warum stand er ständig im Abseits? Was machte er nur falsch? War er vielleicht doch ein Idealist? Hätte er womöglich die Epidemie erst in ein paar Tagen melden und sich solange krank schreiben lassen und schweigend ins Bett legen sollen? Wäre das besser gewesen?

Lautlos tauchte er die winzige Packung ins Wasser und bewegte sie hin und her. »Mächtiger Gott, in allen Pflanzen bist du als Saft vorhanden, die gesamte Materie, ja selbst die winzigsten Atome erfüllst du mit Bewegung, du offenbarst und verbirgst dich in den mannigfaltigsten Erscheinungen und Lebensformen, schaffst Triumphe und Niederlagen, du bist ...«

Der Assistenzarzt Gopinath schaute Dr. Wakankar schweigend zu. Er konnte ihn nur zu gut verstehen. Auch ihm traten die Tränen in die Augen.

Als Dr. Wakankar nach Hause zurückkehrte, war es bereits Nacht. Von unzähligen Quecksilberlampen angestrahlt, leuchtete ihm das Blockhaus auf dem Bergplateau schon von weitem entgegen. Man hatte das ganze Städtchen herausgeputzt. Keiner konnte mehr behaupten, es erinnere noch an das träge und rückständige Dhingar mit seinen Stechmücken, den rauchenden Kohleöfen, dem kränkelnden Schwachstromlicht und den erbärmlichen Straßen. Ein Flecken Erde, verpönt als Strafkolonie des indischen Staates.

Dr. Wakankars Familie lebte in Lalitpur. Er wohnte alleine in seiner Wohnung. Das Essen musste er sich selbst zubereiten. An diesem Tag hatte er jedoch keinen Hunger.

Vor dem Einschlafen sehnte er sich nach seiner Frau. Er sah sie in einem hellblauen Rock und einer weißen Unterhose lachend auf seinem Schoß sitzen. Die Haare hatte sie zu zwei Zöpfen geflochten. Ihr Körper verströmte den frischen Duft der Jugend.

Sie nahm sein Gesicht in die Hände und begann ihn heftig zu küssen. Er merkte, dass sie weinte. »Du hast hohen Blutdruck, der zudem auch noch instabil ist. Du weißt doch, wie gefährlich jede Aufregung für dich ist. Schau dir mal deine roten Augen an.« Jyotsnas Oberschenkel schimmerten im Halbdunkeln des Traumes.

»Du lebst doch nicht, um dir die Probleme der ganzen Welt aufzuladen. Deine Pflicht war es, die Verwaltung über die Epidemie zu informieren. Das hast du getan. Ist es etwa deine Schuld, wenn sie jetzt nichts dagegen unternimmt? Ich bitte dich, lehn dich zurück und entspann dich! Du musst auf dich aufpassen!«

Als er ihre schimmernden Oberschenkel streichelte, zitterten seine Hände. Er konnte Jyotsnas Atem – oder stammte er womöglich von Pushpa Shrivastava, seiner Jugendliebe – auf seinem Gesicht spüren. Ein heftiges Verlangen durchfuhr seinen Körper.

»Was soll ich denn tun? Es war schließlich meine Pflicht. Alle Dörfer, die vom Brechdurchfall betroffen sind, liegen im Zuständigkeitsbereich meines Erste-Hilfe-Zentrums.« Er wurde etwas lauter: »Sag mal Pushpa, meinst du wirklich, ich hätte tatenlos zusehen sollen, wie die unschuldigen Kinder und Frauen der Adivasis das verseuchte Wasser trinken und daran sterben?«

Dr. Wakankar erschrak. Es waren wirklich nicht die Oberschenkel seiner Frau. Bevor Pushpa Shrivastava in der Dunkelheit verschwand, hob sie noch einmal den Rock an und erfüllte den ganzen Raum mit ihrem kindlichen Lachen. Dr. Wakankar schnarchte.

Die Speisen des Premierministers werden vorgekostet
Das geweihte Wasser im Tempel

Am nächsten Morgen begab sich Dr. Wakankar umgehend ins Erste-Hilfe-Zentrum. Von dort ließ er dem Amtsarzt ein weiteres Schreiben über die Epidemie zukommen und schickte einen

Durchschlag an die Dienstelle des Collectors. An diesen setzte er außerdem noch einen wütenden Brief auf. Darin verwies er der Reihe nach auf weitere, mit der Epidemie in Zusammenhang stehende Bundes- und Landesverordnungen sowie auf ihre jeweiligen Paragraphen und erinnerte ihn an sein taktloses, brüskierendes Verhalten im Gästehaus Dhingar.

Collector N.S. Khare habe sich äußerst beschämend verhalten. So etwas komme sonst nur in unzivilisierten Bevölkerungsschichten vor. Beim IAS in der indischen Verwaltung zu arbeiten, gebe einem noch lange nicht das Recht, sich dermaßen rücksichtslos und unverschämt zu benehmen. Ärzten, Lehrern, Ingenieuren, Maschinenbauern, Schriftstellern, Künstlern und Journalisten komme aufgrund ihrer Persönlichkeit und ihres Berufs eine große Bedeutung zu. Dem müsse man Rechnung tragen. Ein fähiger Verwaltungsbeamter könne nur dann auf gute Zusammenarbeit rechnen, wenn er ihnen mit dem nötigen Respekt begegne.

In seinem Schreiben hatte er unmissverständlich zum Ausdruck gebracht, dass er nicht ins Gästehaus gekommen war, um Collector Khare aus persönlichen Gründen um ein Fahrzeug oder um andere Hilfsmittel zu bitten, sondern ausschließlich um seiner Dienstpflicht nachzukommen.

Im letzten Abschnitt seines Briefs hatte er angekündigt, auf der kommenden Sitzung der Amtsärztevereinigung das taktlose und ausfällige Verhalten des Collectors zur Sprache zu bringen und dafür zu sorgen, dass die Angestellten der Gesundheitsbehörde sowie sämtliche in diesem Bezirk an einem Erste-Hilfe-Zentrum beschäftigten Ärzte solange ihre Arbeit niederlegen, bis sich der Collector für sein Verhalten entschuldigt habe.

Kaum hatte er den Brief zu Ende geschrieben, hielt ein Jeep der Landesverwaltung vor dem Erste-Hilfe-Zentrum. Im Geländewagen des Collectors saßen der betrügerische, aus dem Fernsehen als Dichter bekannte Verleger Natwarlal alias ›Verwandlungskünstler‹ und der Block Development Officer Gupta.

Dieser überreichte Dr. Wakankar eine vom Amtsarzt und vom Collector unterzeichnete Anordnung. Ihr zufolge hatte man Dr. Dinesh Manohar Wakankar, Arzt und Doktor der Medizin, die Aufgabe zugewiesen, im Gästehaus der Baubehörde, also dem Blockhaus, das Essen des Premierministers vorzukosten.

Schmunzelnd fügte Herr Gupta hinzu: »Der werte Collector lässt ausrichten, dass Sie umgehend im Gästehaus zu erscheinen haben.«

Für das Mittagessen des Premierministers hatte man Nahrungsmittel im Wert von sechsunddreißigtausend Rupien ins Blockhaus kommen lassen. Da ihm das indische Essen nicht sonderlich schmeckte, hatte man zur Zubereitung westlicher Speisen mehrere Köche aus dem Fünfsternerestaurant Shahnama in der Landeshauptstadt Bhopal zu Hilfe geholt. Da es sich jedoch um den indischen Premierminister handelte, mussten, um die Tradition zu wahren, auch einige indische Speisen zubereitet werden. Nun suchte man noch nach einer regionalen Spezialität. Die Adivasis in Dhingar tranken gewöhnlich Reismilch und Reiswasser. Da man dem Premierminister natürlich kein Reiswasser vorsetzen konnte, hatte man sich etwas anderes einfallen lassen. In der Umgebung von Dhingar hatte es schon immer viele Wachteln gegeben. Die Stämme der Dhanwar und Saunta fingen in den Wäldern Rebhühner, Wachteln und Tauben mit Netzen, verkauften sie und verdienten so ihren Lebensunterhalt. Bei der Auswahl des Mittagessens hatte die Verwaltung jedoch gänzlich außer Acht gelassen, dass Rebhühner und Wachteln zu den gefährdetsten Vogelarten des Landes gehörten, obwohl bereits der berühmte Ornithologe Salim Ali in seinem Buch *Die indische Vogelwelt* darauf hingewiesen hatte. Eine Wachtelsuppe schmeckte jedoch immer vorzüglich. Für die Zubereitung dieser für Dhingar typischen Speise hatte man extra einen muslimischen Koch vom Hof des Maharajas von Surguja kommen lassen.

Vom Fuß des Berges bis zum Gelände um das Blockhaus standen überall Frauen und Mädchen. Eine toller als die andere. Sie gehörten zu den Beamten, Politikern, Unternehmern, Händlern und Verbrechern. Auf dem Weg hierher hatten sich die Frauen mit ihrer hellen Haut pausenlos in einem lausigen Mischmasch aus Englisch und Hindi unterhalten und waren alle paar Meter außer Atem geraten. Sie waren gekommen, um ihren geliebten Premierminister zu sehen und von ihm gesehen zu werden.

Dr. Wakankar wurde traurig, er empfand tiefe Abscheu.

Punkt halb eins – die Sonne stand gerade im Zenit – knatterte es plötzlich am Himmel. In der Ebene von Dhingar brach ein gewaltiger Lärm los. Alle rannten durcheinander und schrien: »Der Premierminister ist da! Der Premierminister ist da! Das ist sein Hubschrauber!« Eine riesige fliegende Heuschrecke aus Eisen.

Der Hubschrauber schwebte über der Plantage von Lalganj ein. Seine Rotorblätter wirbelten Unmengen Staub auf. Um ihm beim Landen zuschauen zu können, drängten die Menschen außerhalb des mit Stacheldraht umzäunten Bereichs wild durcheinander. Noch nie hatten sie einen Hubschrauber aus dieser Nähe gesehen und schon gar nicht beim Landen!

Der den Adivasis vorbehaltene Wahlkreis Dhingar kam zu Ehren. Zum ersten Mal landete in dieser Region ein Hubschrauber. Zum ersten Mal kam ein Premierminister zu Besuch.

Sämtliche Frauen, Männer und Kinder der Baiga, Oraon, Kol und Gond, der Pasi, Dhimar, Saunta, Dhanwar und Agaria machten große Augen und standen mit offenem Mund da. Sie starrten das lärmende Monstrum am Himmel fassungslos an und folgten ihm auf der Erde, um seinen Schatten berühren zu können. Die Engländer sind da! Die Engländer sind da! Der König ist gekommen!

Nicht nur die Einwohner Dhingars, auch ihr Vieh und die Waldtiere hatten nun zum ersten Mal Bekanntschaft mit einem Hubschrauber gemacht.

Er lebe hoch, er lebe hoch. Schau dort, der Premier und dahinter der Innenminister. Und dort der Fahrer des Hubschraubers. Unsinn, man sagt doch nicht Fahrer! Einen Fahrer gibt es doch nur in Autos und Bussen. Und wie nennt man dann jemanden, der eine Rikscha lenkt? Für den Empfang des Premierministers standen eine Spezialeinheit und mehrere Sicherheitskräfte bereit: ein Konvoi aus Autos und Motorrädern. Im nächsten Moment verschwand er bereits in einem der Fahrzeuge und fuhr sogleich zum Gästehaus los, eskortiert von der Spezialeinheit, der Polizei und den Sicherheitskräften, alle mit der Maschinenpistole im Anschlag.

Der Premierminister saß in einem Wagen des Konvois. Hinter schwarzem, kugelsicherem Glas. Die Menschen liefen ihm auf der Straße hinterher. Wären sie nicht von der Polizei und den Sicherheitskräften aufgehalten worden, sie wären ihm bestimmt bis zum Blockhaus gefolgt.

»Schau, dort fährt der Wagen des Premiers.«

»Ach was! Der sitzt bestimmt in dem dahinter.«

»Meinst du wirklich, der setzt sich in einen Ambassador? Das wird sicher nur ein Lokalpolitiker sein.«

Per Lautsprecher wurde verkündet: »Wir möchten die Bevölkerung bitten, sich in der Ebene von Lalganj zu versammeln. Der verehrte Premierminister wird dort um drei Uhr eine Ansprache halten. Sorgen Sie bitte für das Gelingen der Veranstaltung.«

Am Tor des Gästehauses ließ man nur zwei Wagen passieren. Im einen saß der Premier, im anderen der Innenminister. Begleitet wurden sie von einem Schauspieler und einem Tantriker.

Es war ein fantastischer und einzigartiger Moment im Leben Dr. Wakankars, als der indische Premierminister direkt an ihm vorbeiging und er ihn aus nächster Nähe betrachten konnte.

Er hätte nur kräftig ausatmen müssen, schon hätten sich die Härchen in seinem Nacken bewegt; so dicht war er an ihm vorübergegangen. Dr. Wakankars Traum hatte sich endlich erfüllt. Der erschöpfte Fünfzigjährige mit dem Wabbelbauch war also der indische Premierminister. Dieser hellhäutige Mann, Herrscher über einen Subkontinent mit einer Milliarde Menschen, mit unzähligen Sprachen, Völkern und Nationalitäten, zahllosen Gebirgen, Flüssen und Großstädten, einst Heimat einer der ältesten Hochkulturen der Welt – dieser hellhäutige Mann hatte in den letzten Jahren kontinuierlich an Gewicht zugelegt. Ständig fielen ihm die Augen zu. Bei jedem Schritt wackelte sein Wanst. Ein müder, fast feindseliger Gesichtsausdruck.

Auf einmal war Dr. Wakankar hellwach. Im ersten Moment war er sich noch nicht sicher. Aber seine langjährige ärztliche Erfahrung konnte sich nicht täuschen. Der Mann litt an chronischer Verstopfung. Vermutlich sogar an Hämorrhoiden oder Fisteln.

Mit einem Mal ging Dr. Wakankar die Lösung eines Rätsels auf. Der Premierminister, hieß es, war ein Mann rascher

Entscheidungen; lange Sitzungen und Diskussionen waren ihm zuwider. Auf vier Stunden angesetzte Dienstbesprechungen und Kabinettssitzungen beendete er bereits nach einer Stunde. Dr. Wakankar wusste nun weshalb. Bestimmt machten ihm seine Hämorrhoiden zu schaffen. Die ließen keinen lange sitzen. Hinter der rastlosen Aktivität des Premierministers steckten letztlich also seine Hämorrhoiden.

Dr. Wakankar dankte ihnen im Namen des ganzen Landes.

Collector Khare versuchte den verwirrten Dr. Wakankar durch unzählige, dem Premierminister nacheilende Beamte hindurchzuschleusen. Am Haupttor verweigerte man nicht nur den Lokalpolitikern, sondern auch mehreren Landespolitikern den Einlass. Trotz Leibesvisitation ließ man mit Ausnahme des Personals kaum jemanden ins Gästehaus.

Der Premierminister ruhte sich zusammen mit dem Tantriker und dem Schauspieler in seinem Zimmer aus. Dort hatte man extra eine neue Klimaanlage einbauen lassen. Man brachte ihnen kühle Getränke aufs Zimmer, die zuvor von Dr. Wakankar geprüft worden waren.

Der Premierminister war nach Dhingar gekommen, um den Grundstein für die größte Papierfabrik Asiens zu legen, die mit amerikanischer Unterstützung, einem Kredit der Weltbank sowie dem Kapital des Großunternehmers Firozlal Malkani errichtet werden sollte.

Nach dreijähriger Bauzeit würde die Papierfabrik in Betrieb gehen. Dhingar würde einen Platz auf der industriellen Landkarte Indiens einnehmen. Es gäbe neue Arbeitsplätze für die Bevölkerung. Die ganze Region würde aufblühen. Die Fabrik würde sämtliche Bäume in Dhingar für ihre Produktion verschlingen. Der Wald lieferte ihr den nötigten Rohstoff. Die umliegenden Wälder würden abgeholzt. Pappelfeigen, Teak, Ostindisches Rosenholz, Arjun, Mahua, Kosam, Indischen Weihrauch und Malabar-Lackbäume gäbe es dann nicht mehr. Die auf die Wälder angewiesenen Stammesvölker müssten in den Städten beim Gebäudebau oder bei vergleichbaren Projekten unter fingierten Muster Rolls für einen Hungerlohn arbeiten. Das Kunsthandwerk, traditionelle Einkommensquelle der Agaria, Basor, Mina und anderer Stämme, würde aussterben. Die Ackerflächen der Ureinwohner fielen dem Fabrikausbau zum Opfer. Gummi, Ätznatron und andere bei der Papierproduktion anfallende Abfallprodukte würden sich wie die giftigen und säurehaltigen Abgase in alle Himmelsrichtungen ausbreiten. Nirgendwo gäbe es mehr Rebhühner, Wachteln, Hirsche, Gazellen, Bären oder Hasen. Sämtliche Waldtiere würden aussterben. Im Hinterland des Städtchens heulten dann nur noch vereinzelt ein paar Schakale.

Um die Fabrik und ihre Produktion am Laufen zu halten, wäre weiteres Rohmaterial nötig: noch mehr Bäume! Man würde schnell wachsenden Eukalyptus pflanzen und Baumschulen aufmachen, die massenweise Setzlinge ausländischer Bäume herstellten. Ein ganzer Eukalyptuswald würde entstehen. Die Papierproduktion ginge weiter. Man würde vergessen, welche Bäume in dieser Region einmal beheimatet waren. Die Eukalyptuswälder würden Unmengen Wasser aufsaugen. Dhingars Grundwasserspiegel würde absinken. Die Brunnen würden versiegen. Man müsste tiefer bohren. Immer tiefer. Die Felder brächten geringere Erträge, immer mehr Land läge brach. Das bislang intakte Gleichgewicht von Jahreszeiten und Vegetation wäre gestört. Es gäbe keine Regenzeit mehr. Selbst in dieser Region hielte man es im Sommer nur noch schwer ohne Ventilator oder Raumkühler aus. Da sie eine mit Ätznatron und anderen Chemikalien verpestete Luft einatmeten, hätten die Bewohner Dhingars unter Atemwegserkrankungen zu leiden. Die Bodenerosion würde zunehmen. Nach längeren Regenfällen würde die Siontar über die Ufer treten, im Sommer dagegen vollständig austrocknen: weit und breit nichts als Sand und Geröll! Die traditionellen Heilmittel der Stammesvölker, die Heilkräuter, über die Dr. Wakankar gearbeitet und einen Artikel in einer französischen Zeitschrift veröffentlicht hatte und die Bamandas Basu in seinem vortrefflichen Werk beschreibt, wären nicht mehr zu finden. Von den seltenen, in Dr. Salim Alis Buch *Die indische Vogelwelt* erwähnten Vogelarten dieser Region bliebe nichts außer ein paar Abbildungen in Büchern, hergestellt aus dem Papier der Fabrik. Papierschlamm, Chemikalien und andere Abfallprodukte würde man in die Siontar kippen. Die Fische würden verenden. Das Vieh würde von zahllosen Krankheiten befallen und eingehen. Stämme wie die Saunta oder die Dhanwar, die von der Jagd in den Wäldern und vom Fischfang lebten, würden aussterben.

In Dhingar gäbe es keine Adivasis, keine Wachteln und keine Mahua-Bäume mehr. So sähe der Fortschritt dieser Region aus.

Vielen Dank, Herr Premierminister! Vielen, vielen Dank, ihr lieben Hämorrhoiden und Fisteln. »Kann man denn diese sogenannte industrielle Entwicklung nicht auch unter rassistischen Gesichtspunkten betrachten? Welche Völker an ihr zu Grunde gehen und welche von ihr profitieren?«, ging es Dr. Wakankar durch den Kopf.

Er überlegte, ob er denn selbst etwas gegen den Fortschritt, gegen die Verstädterung und die industrielle Entwicklung unternahm. Auf einmal kam ihm der Verdacht, in seinem Kopf habe sich ein amerikanischer Agent eingenistet, der die rückständige und längst überholte Gesellschaftsordnung dieses Landes um jeden Preis beibehalten wolle. Hände weg, Amerika! Bravo ... bravo, Herr Premierminister!

Der Houdini der Großindustrie, Firozlal Malkani, ein im ganzen Land bekannter Unternehmer und zukünftiger Besitzer der größten Papierfabrik Asiens, die schon bald ihre Tore in Dhingar öffnen sollte, trat nach einem Gespräch mit dem Premier aus dessen Zimmer: Bluthochdruck, massives Übergewicht, erhöhter Cholesterinspiegel.

Das Mittagessen war zubereitet. Man wartete nur noch auf den Premierminister. Er konnte jeden Augenblick hier sein. Zuvor musste das Essen allerdings noch untersucht werden und zwar von Dr. Dinesh Manohar Wakankar, Arzt und Doktor der Medizin.

Von jedem Gericht lud er sich eine kleine Portion auf den Teller. Herr Vishweshwaran, der Sekretär des Premierministers, stand neben ihm. Lächelnd blickte Dr. Wakankar ihn an.

»Ich denke, als Gastgeber gebührt Herrn Khare die Ehre, als Erster von diesem vorzüglichen Mahl kosten zu dürfen!«

»Ja, natürlich.« Vishweshwaran wiegte seinen Glatzkopf lächelnd hin und her. »Rufen Sie ihn, rufen Sie ihn! Wo steckt er denn?«

Während er sich einen Weg durch die Beamten und Sicherheitskräfte bahnte, kam Collector Khare allmählich näher.

»Hier bin ich, Sir!«

»So ein Lahmarsch«, sagte Dr. Wakankar leise, blickte zu Vishweshwaran und erlaubte sich einen Scherz. »Sollen wir ihm erst mal erklären, dass er gar nicht die kulinarischen Qualitäten des Essens beurteilen soll? Wir prüfen nämlich ganz andere Dinge!«

»Aber ja doch!« Der Südinder wiegte seinen Glatzkopf ein weiteres Mal hin und her. »Ha, ha…! Herr Khare ist also unser Opferlamm, unser Versuchskaninchen!«

»He, he, Sir!« Collector Khare hatte nicht ganz verstanden. Er stand da, den Teller in der Hand, und grinste gequält.

»Beeilung, Herr Khare! Der Premierminister kann jeden Moment hier sein. Für den Test brauche ich etwa fünfzehn Minuten. Ich muss Ihre Symptome nämlich genau beobachten! Na los!«

Collector Khare musste den Teller zügig leer essen. Er war zwar Vegetarier, die Wachtelsuppe hatte er aber trotzdem im Nu verschlungen. Da Dr. Wakankar für die Kontrolle des Mittagessens verantwortlich war, musste er dessen Anweisung Folge leisten.

Vor dem Premierminister standen unzählige Speisen auf dem Tisch. Er konnte sich nicht entscheiden. Dr. Wakankar betrachtete ihn: chronische Verstopfung, Hämorrhoiden.

»Sir, ich möchte Ihnen den Dal aus Mungbohnen, die Wachtelsuppe, etwas Raita und ein paar Brotfladen empfehlen.«

Der Premierminister sah zu ihm auf. Ihre Blicke begegneten sich. Er bedankte sich mit einem Lächeln. Der Patient wusste somit, dass Dr. Wakankar seine Beschwerden richtig diagnostiziert hatte.

Erstaunt sahen die Beamten und Politiker im Blockhaus, wie der Premierminister ausschließlich zu den Speisen griff, die ihm Dr. Wakankar empfohlen hatte: Dal aus Mungbohnen, Wachtelsuppe, Raita und zwei Brotfladen.

Das Gesicht des Collectors war kreidebleich. Er wich Dr. Wakankars Blick aus.

Um drei Uhr sollte der Premierminister in der Ebene von Lalganj zum Volk sprechen. Man hatte ihm geraten, zuvor noch den

Thakur-Dei-Tempel in Dhingar zu besuchen und das Charanamrit entgegenzunehmen. Die Adivasis und die anderen Bewohner der umliegenden Dörfer besaßen einen unerschütterlichen Glauben an Thakur Dei. Durch seinen Besuch würde der Premierminister zweifelsohne die Herzen der Menschen gewinnen.

Als er am Tempel eintraf, hatte der Premierminister einen Baiga-Turban auf dem Kopf. Auch hier herrschten strenge Sicherheitsvorkehrungen. Der Tempel war dem Gott Thakur geweiht. Eine gewaltige Steinfigur. Sonderbar war nur, dass es sich dabei um eine Buddhastatue handelte. Rings um Dhingar lagen Figuren aus den verschiedensten Stilepochen verstreut. Früher waren hier einmal die Grenzen des alten Kalinga-Reichs verlaufen. Nun war es das Grenzgebiet zwischen Orissa und Madhya Pradesh. Die Adivasis ahnten jedoch nicht, dass sie eine Buddhastatue verehrten. Sie hatten ihr den Namen Thakur gegeben und brachten ihr Alkohol und Hühner dar. Die anderen opferten ihr Blumen und nahmen das Charanamrit entgegen. Alle waren davon überzeugt, dass sich hier jedes Gebet erfüllen würde.

Siddharta alias Gautama Buddha, der Sohn des Königs von Kapilavastu, Shuddhodana, war in dem Stammesgebiet kaum wiederzuerkennen. Der Begründer der Weltreligion des Buddhismus war hier ein Gegenstand von Beschwörungsritualen, lebte von Alkohol und Hühnern und erhörte die Gebete der Gläubigen.

Andererseits, so dachte Dr. Wakankar, hatte auch dieser ganz gewöhnliche Fünfzigjährige, der in den letzten Jahren kräftig zugenommen hatte, an hohem Blutdruck, chronischer Verstopfung, Hämorrhoiden und Fisteln litt, sich in der Gegenwart eines lüsternen Tantrikers und eines drittklassigen Bollywoodschauspielers wohl fühlte, seine Scherze mit den korrupten und arbeitsscheuen indischen Verwaltungsbeamten trieb, von Ganoven, Handelsvertretern, skrupellosen Geschäftsleuten, kaltblütigen Mafiabossen, Schnapsbrennern und betrügerischen Journalisten umschwirrt wurde und nach Dhingar gekommen war, um das fruchtbare Stammesgebiet in ein ödes, die Umgebung verpestendes Fabrikgelände zu verwandeln – hatte auch er eine erstaunliche Verwandlung zum indischen Premierminister hinter sich.

Dr. Wakankar musste lachen. Der Mann mit dem Baiga-Turban lächelte den Schaulustigen die ganze Zeit über zu und vermittelte ihnen, indem er an ihnen vorübereilte, etwas von seinem Tatendrang. Über dem Hemd trug er nun einen Umhang. Den gleichen Umhang trug auch das Stammesoberhaupt der fünf umliegenden Dörfer. Derselbe Mann, der sich in Dhingar aufhielt, um den Grundstein für Firozlal Malkanis Papierfabrik zu legen und dafür verantwortlich war, dass die Adivasis, die Ureinwohner dieser Region, aus ihrer Heimat vertrieben und bis an ihr Lebensende von einem anderen Volk geknechtet werden sollten, versuchte ihnen durch den Umhang, den Turban und durch sein permanentes Grinsen vorzugaukeln, dass auch er ihr Oberhaupt sei. Ein Oberhaupt, das sich darüber Gedanken macht, was den Stammesvölkern nützt, was ihnen schadet, und sie vor jeglichem Unheil bewahrt.

Die Statue im Tempel stellte Thakur in Meditationshaltung dar. Sie war durch das Auftragen von Roli, Abir und Öl an mehreren Stellen rot gefärbt. Auf der einen Seite stand Pandit Bargaiya Maharaj, auf der anderen Saddhu Baiga. Bargaiya Maharaj war der Priester des Städtchens. Er verehrte den Gott Thakur mit Kokosnüssen, Blumen, Mantras und Süßigkeiten. Saddhu Baiga war der Medizinmann der Adivasis. Er versuchte, die Gebete der Gläubigen zu erfüllen, indem er Chikara spielte, Mahua-Schnaps und Hühner opferte und hin und wieder einen Gesang anstimmte.

In diesem Moment wurde Thakur auf beide Arten verehrt. Über Nacht war er in der ganzen Region bekannt geworden. Schließlich wollte sich der indische Premierminister vor ihm verneigen. Die Menschen strömten herbei. Hoch lebe Thakur! Hoch lebe der Premierminister!

Die Schulkinder sangen: *Unser Indien über alles in der Welt.*

Der Premierminister formte seine Hände zu einer Schale. Bargaiya Maharaj rezitierte das Gayatri-Mantra: »Oh großer, anbetungswürdiger Gott …« Mit kräftigen Bogenstrichen entlockte Saddhu Baiga seinem Chikara ein Ru-Ru-Ru: »Unser Beschützer Narsingh Bagheshwar, der uns in dieser Wildnis ein Zuhause gibt, der die Vögel speist …«

Bargaiya Maharaj goss dem Premierminister ein paar Tropfen Charanamrit in die Hände. Hoch lebe Thakur! Hoch lebe der Premierminister! Ru-Ru-Ru!

Als Geste der Ehrerbietung führte der Premierminister die Hände zur Stirn. Er schloss die Augen und wollte gerade das Charanamrit trinken, als plötzlich ein lauter, donnernder Schrei ertönte.

»Um Gottes Willen! Trinken Sie bloß nichts davon!«

Mit ausgestrecktem Arm kam jemand durch die Menschenmenge auf den Premierminister zu und fasste ihn am Handgelenk. Die Sicherheitskräfte waren völlig perplex. Der Chikara verstummte. Der Lärm endete abrupt.

Es war Dr. Dinesh Manohar Wakankar, Arzt und Doktor der Medizin.

»Was ist denn?«, fragte der Hämorrhoidenpatient erstaunt seinen Arzt.

»Sir, das Charanamrit ist verseucht. In der Umgebung des Thakur-Dei-Tempels gibt es nur ein Wasserreservoir, und das ist mit gefährlichen Bakterien verseucht. In der letzten Woche sind mindestens zweiundzwanzig Adivasis daran gestorben. Die Epidemie hat sich bereits auf die umliegenden Dörfer ausgebreitet. Es ist Cholera. Die Menschen sterben wie die Fliegen.«

Der Premierminister hielt das Charanamrit unschlüssig in den Händen; er zitterte vor Angst.

»Ich denke, Sie sollten auf keinen Fall davon trinken! Dr. Wakankar ist immerhin für die Kontrolle Ihrer Nahrungsmittel zuständig«, riet ihm der sonnenbrillentragende Bollywoodschauspieler. »Das ist der Schauspieler, der in *Ruf des Blutes* über Madhuri Dixit herfällt!«, rief ein Lala-Junge seinen Freunden zu.

Der Premierminister lächelte schon wieder. Er führte seine Hände nach oben, schüttete das Charanamrit auf den Baiga-Turban und wischte sich die Hände an seinem Umhang ab. Dann wandte er sich an Dr. Wakankar: »Zum Glück sind Sie noch rechtzeitig gekommen!«

Dieser lächelte: »Sir, seit fast einer Woche mache ich die Bezirksverwaltung nun darauf aufmerksam, dass sie dringend etwas gegen die Epidemie unternehmen muss. Aber die hat nur noch Ihren Besuch im Kopf!«

»Und hätte ihn dadurch beinahe umgebracht!« Der sonnenbrillentragende Schauspieler, der sich über Madhuri Dixit hergemacht hatte, war sichtlich empört. Dann tauchte auf einmal der Tantriker auf. Er trug orangefarbene Mönchskleidung und hatte eine Gebetskette um den Hals: »Wer ist der Collector dieses Bezirks? Ich verlange umgehend eine Erklärung!«

Collector N.S. Khare stand ganz in der Nähe. Er war kreidebleich. In aller Öffentlichkeit sollte er an diesem Tag zu spüren bekommen, welche Stellung er in Wirklichkeit inne hatte. Während er mit den Geschäftsleuten, Ganoven und Journalisten seines Bezirks zusammenstand, war der Premierminister von Großunternehmern, Fabrikbesitzern, Handelsvertretern und Ganoven internationalen Ranges sowie einer Reihe höchster politischer Entscheidungsträger umgeben. Als einfacher IAS-Beamter war N.S. Khare letztlich nur ein winziges Rädchen in einem riesigen Apparat. Noch nicht einmal eine Mutter oder eine Schraube, nur eine gewöhnliche Unterlegscheibe aus Gummi, die von beiden Seiten zusammengedrückt wird und so für einen zuverlässigen Halt am Gewinde sorgt.

»Haben Sie denn nicht gewusst, dass hier eine Epidemie ausgebrochen ist und schon mehrere Menschen an ihr gestorben sind?«, fragte ihn der Tantriker, der den Premierminister auf seiner Reise begleitete und im internationalen Waffengeschäft kräftig mitmischte.

»Nein, Sir. Ich bin schon seit einer Woche nicht mehr in meinem Büro gewesen. Ich musste doch den Besuch des Premierministers vorbereiten«, entgegnete N.S. Khare mit zitternder Stimme.

»Dann waren Sie blind wie ein Maulwurf! Haben Sie denn nichts von der Choleraepidemie mitbekommen? Ist Ihnen denn nicht aufgefallen, dass schon zweiundzwanzig Adivasis an ihr gestorben sind?« Es war die Stimme des Premierministers, Erschöpfung, Verstopfung und Hämorrhoiden abgerungen.

Dr. Wakankar sah ihnen schweigend zu. Er selbst hatte das Drehbuch zu dieser amüsanten Szene geschrieben, war Regisseur und Intendant in einem. Ein absurdes Theaterstück, besetzt mit Adivasis, einer Papierfabrik, einem Tantriker, dem Premierminister, mehreren Verbrechern, Ganoven, Handelsvertretern und Beamten, Politikern, Sicherheitskräften, Journalisten und Fabrikbesitzern.

Noch am selben Abend, der Premierminister hatte Dhingar bereits verlassen, notierte Dr. Wakankar in sein Tagebuch:

Das Ganze war völlig absurd. Aber es war real. Eine absurde Realität. In einer solchen Realität spielt sich unser Leben ab. Sie ist zweifelsohne originell, aber auch unvorstellbar grausam.

Der PR-Berater des Premierministers schrieb eine neue Rede für die Kundgebung in der Ebene von Dhingar, die dieser fast eine Dreiviertelstunde lang einstudierte. In mitleidsvollem Tonfall sicherte er den Familien, die durch die Choleraepidemie einen Angehörigen verloren hatten, eine finanzielle Unterstützung in Höhe von zehntausend Rupien aus seinem Budget als Premierminister zu und kündigte an, unverzüglich Maßnahmen zur Wiederherstellung der Trinkwasserversorgung in den Gebieten um Dhingar in die Wege zu leiten. Vor den Augen unzähliger Menschen wies er den Collector und die anderen verantwortlichen Beamten scharf zurecht und ging zum Schluss geschickt auf den für die Entwicklung der Region so wichtigen Bau der Papierfabrik ein.

Am Ende der Seite standen noch ein paar zusammenhangslose Sätze:

Auf dem Gesicht des Premierministers konnte ich den Schatten des Todes erkennen. Ich bin überzeugt, dass er Bescheid weiß. Die Nation hat nichts davon erfahren, aber bestimmt hat er schon ein, zwei Herzinfarkte hinter sich.

Er weiß, wie kritisch sein Leben ist, dass er nichts mehr in der Hand hat. Er schlägt nur noch die Zeit tot, ohne jede Verantwortung gegenüber den kommenden Generationen. Ein ganz normaler Mensch. Leidet an Verstopfung und Hämorrhoiden. Diese Krankheiten sind das einzige Zeichen, dass er noch am Leben ist. Seine ganze Aktivität verdankt sich ausschließlich ihnen. Er wird wohl nicht mehr lange leben.

Erst drei Tage nach der Abreise des Premierministers leitete die Landesregierung die ersten Maßnahmen zur Bekämpfung der Seuche in Dhingar ein. Man errichtete Erste-Hilfe-Zelte, desinfizierte Brunnen und Wasserreservoire und impfte die Kinder. Die Familienwohlfahrt stellte sogar ein Operationszelt zur Verfügung. Die Geländewagen waren pausenlos im Einsatz.

Dr. Wakankar spielte bei diesen Maßnahmen jedoch keine Rolle. Die Landesverwaltung hatte ihm jede Beteiligung an der Hilfsaktion versagt.

Es hieß, er sei in einem Bericht der Kriminalpolizei als langjähriges und fanatisches Mitglied des Sangh beschrieben worden. Was im Prinzip ja auch stimmte.

Geleitet wurde die Gesundheitsoffensive von Dr. D.N. Mishra, dem ehemaligen Chefarzt des Erste-Hilfe-Zentrums Vidhanpur, der für Dr. Wakankars Versetzung nach Dhingar verantwortlich gewesen war und aus dessen dubiosen Einkäufen auch die Glukoseinfusion gestammt hatte, an der Harvansh Pandit alias Spuckender Maharaj gestorben war. Nach mehreren Beförderungen war Dr. Mishra nun Vizedirektor des medizinischen Instituts der Landeshauptstadt.

An diesem Tag sehnte sich Dr. Wakankar nach seiner Zeit in Vidhanpur zurück. Er sah den Spuckenden Maharaj bei einem Treffen des Sangh auf einem Schulsportplatz mit Stock und Lezim alleine umhermarschieren. Dabei sang er:

sujalāṃ suphalāṃ malayajaśītalāṃ mātaram
bande mātaram!

Oh ehrwürdige Mutter, mit deinen prächtigen Flüssen,
deinen herrlichen Obstgärten und deinen erfrischenden
Winden aus dem Süden, vor dir neige ich mein Haupt!

Der Spuckende Maharaj bekam einen schweren Asthmaanfall und rang verzweifelt nach Luft. Während ihm der Stock aus der

Hand glitt, drückte er den Lezim fest gegen seine Brust. Seine Lunge rasselte bei jedem Atemzug, der Lezim schepperte im Rhythmus seines sich unter heftigen Schmerzen hebenden und senkenden Brustkorbs.

Dr. Wakankar öffnete die Augen. In seinem Zimmer war es dunkel. Die Szene, die er gerade gesehen hatte, war offensichtlich auch ein Stück dieser absurden Realität. Ein Teil ihrer Vergangenheit.

Da er nicht einschlafen konnte, griff er zu Tilaks Buch *Geheimnis der Gita*.

Kotma: Endlich eine Stadt

Kotma war eine Kleinstadt, vielleicht auch nur ein größeres Dorf. Hier hielten Züge und Busse. Die öffentlichen Verkehrsmittel waren ständig im Einsatz. Im großen Stil wurde mit Kalk, Zement und Getreide gehandelt. Es gab ein Intercollege und zwei High Schools, eine für Jungen und eine für Mädchen. Die beiden Kinos hießen ›Mondlicht‹ und ›Lichtstrahl‹. Außerdem gab es noch ein paar Videohallen, in denen hauptsächlich noch nicht veröffentlichte Filme und Pornos liefen.

In der Umgebung von Kotma befanden sich mehrere Kohlebergwerke. Innerhalb eines Jahrzehnts hatten sie das Erscheinungsbild der Region grundlegend verändert. Die meisten Jugendlichen aus den umliegenden Dörfern arbeiteten in einem dieser Bergwerke. Durch zusätzliche Schichten konnte dort selbst ein gewöhnlicher Bergarbeiter im Monat bis zu dreitausend Rupien verdienen. Damit hatte er nicht nur ein höheres Einkommen als Grundschullehrer, Krankenschwestern, Apotheker und Gramsevaks; er verdiente auch mehr als die mittelständischen Bauern. Selbst wer zwei Hektar Land besaß, arbeitete immer noch lieber in einem der Bergwerke als in der Landwirtschaft. Der Boden war sandig, es gab keine Bewässerungsanlagen, die Pflanzen überließ man dem Himmel und ernten konnte man nur einmal im Jahr. Auf fast allen Feldern wurde das Gleiche angebaut: überall Reis.

Der Kohlebergbau, der Kalk- und Zementgroßhandel und die Verkehrsbetriebe hatten dafür gesorgt, dass in Kotma das Geld den Ton angab. Man wollte etwas verdienen, egal auf welche Weise. Dass verdient wurde, war daran zu erkennen, dass man im Städtchen jetzt Autos wie den Maruti oder den Tata-Sierra, mit japanischer Technik ausgerüstete Motorräder, Walkmans und Kassettenrecorder sehen konnte; und das, obwohl es sich mehr als fünfzehnhundert Kilometer von Delhi entfernt in einer der rückständigsten Regionen Madhya Pradeshs befand. Aber Modernität hing ja längst nicht mehr von der Fortschrittlichkeit oder Rückständigkeit einer Region ab, sondern nur noch von den finanziellen Möglichkeiten des Einzelnen. Wer es sich leisten konnte, wurde modern, wer nicht, blieb rückständig.

Die Bergleute von Kotma, von denen die bedeutendsten Denker des Jahrhunderts behauptet hatten, diese Klasse schaffe durch ihre harte Arbeit die Basis für die ganze Zivilisation – und hätte sie erst die Ketten der Ausbeutung und Ignoranz abgeschüttelt, dann würde eine neue Kultur, eine neue Gesellschaftsordnung entstehen – diese Bergleute legten zusätzliche Schichten ein, um mehr zu verdienen, tranken Alkohol, schauten sich auf geliehenen Videorekordern Pornos und Bollywoodfilme an und ließen es sich gut gehen. Außerhalb des Städtchens, jenseits der Steuergrenze, gab es eine Reihe kleiner Spelunken, in denen Alkohol ausgeschenkt wurde und mit Snow Powder geschminkte Adivasi-Mädchen den Gästen ›Gesellschaft‹ leisteten.

Trotz dieses Reichtums hatte Kotma viele Arbeitslose. Tag und Nacht sah man sie auf ihrer ungewissen Pilgerreise wie die Derwische umherziehen. Oft saßen sie in kleinen Gruppen auf einem Brückchen zusammen, nippten stundenlang in einer Spelunke an einem Glas Tee, rauchten Zigaretten und Bidis oder hingen mit ihresgleichen an einer Bushaltestelle oder auf einem Bahnsteig herum und legten dabei so ein gleichgültiges und arrogantes Gebaren an den Tag, dass man meinen konnte, sie würden eines Tages die Welt regieren. Alle hatten sie den gleichen niedergeschlagenen, harten und apathischen Gesichtsausdruck. Dass man sie vertrieben hatte, dass sie verachtet wurden und für die Gesellschaft nicht mehr zu gebrauchen waren, hatte aus ihnen gewaltbereite Menschen gemacht. Beim kleinsten Anlass schlugen sie bereits zu oder brachten gar jemanden um. Dabei empfanden sie eine tiefe Genugtuung, dass sie noch am Leben waren und etwas unternehmen konnten. Handgreiflichkeiten, Streitereien und Vergewaltigungen waren für sie ein verzweifelter Versuch, der gesellschaftlichen Ausgrenzung und dem Gefühl der Hilflosigkeit zu entkommen, eine Form des Widerstands, den die Gesellschaft jedoch für ein Verbrechen hielt.

Sie saßen oft auf einem Brückchen beieinander und malten sich aus, wie man einen Lastwagen, eine Bank oder ein Geschäft plündern könnte, oder taten sich mit ein paar Polizisten zusammen und überlegten, wie man Marihuana, Haschisch oder Opium über die nepalesische Grenze schmuggeln und steinreich werden könnte. Welche Händler in der Region Gold und Silber besaßen, wo man an Marihuana und Haschisch herankommen konnte, in welchen Vierteln welche Mädchen herumzukriegen waren und mit welchen Mitteln man welchen Wachtmeister oder Polizisten am Besten bestechen konnte, das alles wussten sie ganz genau. Gierig schauten sie sich die Werbung im Fernsehen an. Natürlich wollten sie die beworbenen Produkte auch haben, doch dazu fehlte ihnen das nötige Geld. Um etwas zu verdienen, brauchte man eine feste Anstellung oder einen Job. Da sie weder das eine noch das andere besaßen und es auch keinerlei Aussicht darauf gab, schlossen sie, sobald sie ein paar Rupien in die Hände bekamen, eine Wette ab oder kauften sich ein Los. Auf diese Weise zu Geld zu kommen, war natürlich genauso unrealistisch und auf Wolken gebaut, wie ihr ganzes Leben überhaupt.

Dr. Wakankar war vor drei Jahren nach Kotma gekommen. Nach der Veröffentlichung des kriminalpolizeilichen Berichts hatte man ihn aus Dhingar hierher versetzt. Der Landesführer des Sangh hatte ihm mitgeteilt, die Kriminalpolizei sei zu dem bestürzenden Ergebnis gekommen, seine Anwesenheit in Dhingar habe nicht nur beim Sangh, sondern auch bei den Naxaliten zu einer Zunahme der Aktivitäten geführt. Dies hatte Dr. Wakankar schwer zu schaffen gemacht. Sicher, er war im Sangh und hatte in den letzten Jahren pausenlos für ihn gearbeitet, mit der Folge, dass man ihn zum örtlichen Chefideologen des Sangh und zum Vorsitzenden der Amtsärztevereinigung gemacht hatte. Wie jedoch die Naxaliten von seiner Tätigkeit profitieren konnten, blieb ihm ein Rätsel. Nach längerem Nachdenken war er zu dem Ergebnis gekommen, der Staatsapparat habe die Naxalitenbewegung eigens für solche Beamte ins Leben gerufen, denen er zwar keine schwerwiegenden Straftaten nachweisen konnte, deren politische Aktivität ihm jedoch lästig war. Dr. Wakankar lehnte die Ideologie und Vorgehensweise der Naxaliten allerdings entschieden ab. Er war ein Verfechter der Gewaltlosigkeit. Auf den Treffen des Sangh versuchte er seine Kameraden davon zu überzeugen, dass man die Menschen nur durch bedingungslose Hingabe, durch Herzlichkeit und soziales Engagement für die Errichtung eines Hindustaates gewinnen könne. Wobei es mitunter zu heftigen Auseinandersetzungen kam.

Auch in Kotma genoss Dr. Wakankar bei der städtischen Bevölkerung und den Bewohnern der umliegenden Dörfer einen glänzenden Ruf. Er wurde von ihnen voll in Anspruch genommen. War jemand krank und Dr. Wakankar einmal nicht im Krankenhaus, suchten sie ihn rund um die Uhr zu Hause auf. Obwohl sein Familienleben zusehends darunter litt, sagte er nie etwas. Selbst in den Gebieten um Kotma war er inzwischen als vorzüglicher und einfühlsamer Arzt bekannt. Ein Arzt, dessen Behandlungen die gewünschte Wirkung zeigten und der seinen Patienten nie zuviel abknüpfte. Seit seiner Versetzung nach Kotma war der dortige Ortsverband des Sangh nicht nur weitaus aktiver geworden, es nahmen auch deutlich mehr Menschen an seinen Veranstaltungen teil.

Dr. Wakankar musste jedoch feststellen, dass sich weiterhin nur Händler und höherkastige Hindus an ihnen beteiligten. Dabei hatte er gehofft, dass auch einfache Dorfbewohner, Adivasis und Angehörige niederer Kasten an ihnen teilnehmen würden. Nun war jedoch der Sangh weder so konzipiert, dass er solche Menschenmassen hätte aufnehmen können, noch besaßen sie ein besonderes Interesse an ihm. Über diese Problematik korrespondierte er mit den höheren Ebenen des Sangh bis hin zum Landesvorstand. Auf seine Schreiben erhielt er jedoch immer nur eine äußerst knappe und förmliche Antwort.

Dr. Wakankar zweifelte nun zunehmend daran, dass der Sangh wirklich mit der Absicht gegründet worden war, unter den Hindus im ganzen Land ein familiäres Zusammengehörigkeitsgefühl zu schaffen, sie wachzurütteln, zur Aufgabe ihrer abergläubischen Bräuche zu bewegen und zu ihrer ursprünglichen, in den Veden, Upanishaden und Puranas beschriebenen Religionsform zurückzuführen. Vielleicht verfolgte der Sangh am Ende ein ganz anderes Ziel und stand kurz vor dessen Verwirklichung? Der Führer und die hohen Funktionäre waren sich darüber im Klaren und mehr hatten sie sowieso nicht erreichen wollen. Je länger Dr. Wakankar darüber nachdachte, desto unruhiger und unzufriedener wurde er. Schließlich identifizierte er sich mit dem Sangh und hatte ihm fast fünfundzwanzig Jahre seines Lebens gewidmet. Wie konnte es dann möglich sein, dass er immer wieder jeglichen Bezug und sämtliches Interesse an ihm verlor?

Seine Töchter waren inzwischen erwachsen. Das Problem der Mitgift stand ins Haus. Er war sich jedoch sicher, dass er in dieser Sache mit keinen größeren Schwierigkeiten zu rechnen hatte, so klug wie die vier waren.

Jyotsna hingegen machte sich große Sorgen. Sie war am Ende ihrer Kräfte. Hatte sie doch die Last seiner Aufrichtigkeit, seiner Hingabe und viel gelobten Loyalität zu tragen gehabt. Ständig haderte sie mit ihrem Schicksal. Hätte man sie mit einem gewöhnlichen, mit beiden Beinen im Leben stehenden Arzt verheiratet, sie hätte auch fröhliche Momente gekannt. Das Familienleben wäre nicht ständig aus den Fugen gewesen, es hätten nicht ständig Sorgen und Nöte drohend über dem Haus gehangen.

Aber jeder Kampf hatte doch eine Grenze und eine Zeit. Betrachtete sie ihren Mann, so bekam sie es mit der Angst zu tun: ein Gesicht, das immer mehr von Falten zerfurcht wurde; sein resignierter, naiver Glatzkopf – immer deutlicher lugte er zwischen dem spärlicher und grauer werdenden Haar hindurch. Ein müder, alternder Körper. Blutdruckprobleme. Zahnschmerzen.

Am liebsten hätte sie ihren Mann einmal gepackt und kräftig geschüttelt, ihn in den Arm genommen und ihm zu verstehen gegeben, dass ein für alle Mal damit Schluss sein müsse: »Hör mir jetzt gut zu! Uns bleiben höchstens noch zehn oder elf Jahre.

Mach doch endlich die Augen auf! Wir versinken mit unseren Kindern im Unglück. Das Ende rückt unaufhaltsam näher. Du musst dir nur mal deine Töchter anschauen. In ihrem Alter müssten sie noch nicht so ängstlich und mutlos sein. Deine Ideale und Auseinandersetzungen haben sie tief verunsichert. Ständig befürchten sie, es könnte ein Unglück geschehen.«

Jyotsna weinte. Zum ersten Mal schlug der Ärger über ihren Mann in Verachtung um: Warum hatte er sie überhaupt geheiratet, wenn er doch so handeln musste? Mit welchem Recht ruinierte er das Leben der Familie?

Sie fragte sich, ob sich die Leute, von denen sie ständig Lobeshymnen über ihren Mann zu hören bekam, nicht in Wirklichkeit über ihn lustig machten. Es kam ihr vor, als habe er seine Familie durch seine Gedankenlosigkeit und Sturheit zum Gegenstand eines sozialen Experiments gemacht, dessen Ausgang alle anderen gespannt entgegenfieberten. Würde sich die Familie gemeinsam umbringen oder würde sie die Flucht ergreifen? Oder würde sie von einer etablierten, aus legitimen und illegitimen Elementen bestehenden Kraft verschlungen werden?

Jyotsna erschrak. Ihr war klar geworden, dass sie sich seit endlosen Zeiten in der Gefangenschaft eines gefährlichen und unbarmherzigen Tyrannen befand, der den Anschein erweckte, naiv wie ein Kind und begierdelos wie ein Heiliger zu sein. Jetzt, da er mit den Kräften am Ende war, konnte es jederzeit zu einem blutigen Aufstand gegen ihn kommen.

Oho! Drei Stunden an jenem Nachmittag

Am Verhalten Dr. Wakankars waren nun einige grundlegende Veränderungen zu beobachten. Er stand noch immer früh morgens auf, machte etwas Gymnastik und ging zum Treffen des Sangh. Dort fanden jeden Morgen sportliche Gruppenübungen statt. Danach kehrte er wieder nach Hause zurück, las Zeitung und frühstückte. Spätestens um zehn Uhr machte er sich dann auf den Weg zum Krankenhaus. Sein Dienstbungalow lag zwei Kilometer davon entfernt, auf der anderen Seite der Gleise.

Den alten Roller hatte er immer noch. Beim Fahren gab er einen ganz speziellen Ton von sich. Das jahrzehntealte Geräusch kam aus einem Motor, den man inzwischen kaum mehr zu kaufen und nur noch selten zu sehen bekam. Selbst die Geräusche und Bauarten der Motoren, so schien es Dr. Wakankar, änderten sich mit der Zeit. Der Roller schluckte zudem Unmengen Benzin. Dr. Wakankar wäre jedoch nie auf die Idee gekommen, sich von ihm zu trennen. An dieser sprachlosen Maschine aus Eisen hing er wie an einem Menschen.

Noch bevor man ihn sah, hörte man am Rattern des Rollers, dass Dr. Wakankar im Anrücken war. Sein Leben und sein Verhalten, fürchtete er, könnte einer ähnlich alten Maschine gleichen. Den anderen war das bestimmt schon aufgefallen. Sie sagten zwar nichts und behandelten ihn mit Respekt, insgeheim belächelten sie ihn jedoch und hielten ihn für ein exotisches Geschöpf. Schaut euch mal diesen verrückten Vogel an!

Hoffentlich verlor Dr. Wakankar nicht den Verstand. Er begann, seine Person und sein Leben so gründlich zu durchleuchten, wie ein Kunde ein Produkt von allen Seiten begutachtet, bevor er sich zum Kauf entschließt: Er kam pünktlich zur Arbeit, untersuchte und diagnostizierte die Krankheiten seiner Patienten, ohne dass ihm dabei irgendwelche Fehler unterliefen. Er verschrieb stets die richtigen Medikamente und gab die passende Dosierung an. Während seiner Zeit in Dhingar und Kotma hatte er mehrere Aufsätze in internationalen Fachzeitschriften veröffentlicht. Man vertraute ihm. Warum sollten die Menschen sonst so zahlreich zu ihm ins Krankenhaus und nach Hause kommen. Wenn ihn der Sangh zum örtlichen Chefideologen und zum Vorsitzenden der Amtsärztevereinigung ernannt hatte, so hieß das, dass man ihm auch das nötige Organisationstalent zutraute.

Warum hatte er dann ständig mit diesen Problemen zu kämpfen? Warum bekam er dann immer wieder zu spüren, dass ihn die Verwaltung versetzen und loswerden wollte? Er fühlte sich wie ein Fremdkörper, den man aus Versehen in den Staatsdienst aufgenommen hatte und wieder ausspucken wollte.

Plötzlich fiel Dr. Wakankar ein, dass er schon seit sieben Monaten keinen Urlaub mehr gehabt hatte. Wahrscheinlich war jetzt der richtige Zeitpunkt gekommen, um sich eine längere Auszeit zu nehmen.

* * *

Um halb elf kam er bereits nach Hause in seinen Dienstbungalow zurück. Seine Töchter waren in der Schule. Mit ihnen war erst gegen vier Uhr wieder zu rechnen. Jyotsna war gerade dabei, Gemüse zu schneiden.

Er schaute sich um. Hier war es ruhig und still. Nichts erinnerte mehr an die gehetzten und lärmenden Stimmen aus der Stadt und dem Krankenhaus. Eine wohltuend entspannte und erholsame Atmosphäre. Selbst um halb elf war das Gras hinter dem Haus noch feucht. Der einzige Guavenbaum blühte gerade und stand in vollem Saft.

Dr. Wakankar schloss das Tor. Da keiner mitbekommen sollte, dass er den ganzen Tag über daheim blieb, nahm er den Roller vom Ständer und brachte ihn hinter das Haus. Zu guter Letzt schloss er die Haustür von innen.

Zum ersten Mal seit Jahren holte er an diesem Tag seinen alten Plattenspieler aus dem Schrank. Ein Fiesta Popular von HMV. Er hatte ihn sich vor etwa fünfzehn Jahren gekauft, als ihm mehrere längst überfällige Raten der Teuerungszulage auf einen Schlag ausgezahlt worden waren. Der Plattenspieler sah noch nagelneu aus. Es wurden mittlerweile nur keine Schallplatten mehr hergestellt. Auf dem Basar war längst das Zeitalter der Kassettenrekorder und Tonbänder angebrochen.

Die Schallplatten entsprachen alle seinem Geschmack:

Du und ich ...
Wir blicken einander in die Augen ...
Schau nur, was im Namen der Liebe geschehen ist! ...

Oh, dich hab' ich geliebt!
Oh weh, oh weh, was hab' ich denn verbrochen,
als ich von Liebe ganz berauscht war ...

Die Lieder begannen in der wohltuend entspannten und unbeschwerten Atmosphäre zu schweben. Dr. Wakankar stimmte hin und wieder mit ein. Seine Frau würzte gerade das Gemüse und musste niesen. Dies löste bei ihm ein tiefes Gefühl der Zuneigung und des Mitgefühls aus. Vielleicht auch ein bisschen Leidenschaft und Begierde.

Als sie ein weiteres Mal nieste, musste Dr. Wakankar lachen. Er stand auf, ging zur Küche und blieb in der Tür stehen. Von dort betrachtete er seine Frau: Kreuzkümmel und Chili hatten ihr Tränen in die Augen getrieben und ihre Nase gerötet. Sie war gerade dabei, ein Gemüse aus Flaschenkürbissen zuzubereiten.

»Deck bitte mal die Pfanne ab und setz dich für ein paar Minuten zu mir ins Wohnzimmer«, bat Dr. Wakankar seine Frau liebevoll. Jyotsna schaute ihn gleichgültig an. Sie deckte die Pfanne mit einem Thali ab.

Ihre Haare waren spröde und zersaust. Hier und da schimmerten graue Stellen durch. Sie hatte einst einen attraktiven Körper gehabt, in den letzten Jahren jedoch kräftig zugenommen. Das Gesicht war von Müdigkeit und Erschöpfung gezeichnet. Dr. Wakankar fuhr ihr mit der Hand über den Kopf. Von der bloßen Berührung traten ihr die Tränen in die Augen. »Wo kann ich denn deinen Kamm finden, Jyoti? Oder sollen wir erst mal unter die Dusche?«

Während sie duschten, betrachtete er ihren Körper. Beide waren am Ende ihrer Kräfte, besaßen jedoch, obwohl durch Kampf und Erschöpfung frühzeitig gealtert und schwerfällig, noch einen Funken Lebendigkeit. Noch immer schien der Wasserstrahl auf Jyotsnas Haut auf einen kräftigen und attraktiven Körper zu treffen. Als er seine Frau einseifte, konnte Dr. Wakankar spüren, wie ihre Jugendlichkeit und ihre ursprüngliche Lebensfreude, die im Verborgenen dieses erschöpften und freudlosen Körpers geschlummert hatten, unter seinen Händen erwachten. »Halt!«, rief Jyotsna plötzlich und lachte unbeschwert auf, »... das kitzelt!«

Er hatte es geschafft. Was nun aus ihrer Kehle drang, war das Lachen Pushpa Shrivastavas. Eine gelöste und ungekünstelte Lebensfreude, kindlich und begeistert, voller Leidenschaft und

Begierde. Er hob ihre Arme hoch und liebkoste ihre Achseln. Als er dabei Schaum in den Mund bekam, musste auch er lachen. Jyotsnas Körper wirkte plötzlich um Jahre in der Zeit zurückversetzt. Jung, voller Leidenschaft, von unberührter Jungfräulichkeit und noch völlig unerforscht; nach wie vor ging ein geheimnisvoller Reiz von ihm aus. Sie zitterte unter den unzähligen Wassertropfen.

Dr. Wakankar holte das weiße Baumwollkleid selbst aus dem Schrank. Sie hatte es seit Jahren nicht mehr getragen. Es war inzwischen völlig ausgeblichen. Die Unterhose dagegen hatte ihre Farbe behalten. Ein natürliches Weiß, biologisch rein, täglich neu, belebend und frisch.

Anfangs hatte sich Jyotsna geniert und einen leichten Unwillen geäußert. Dann hatte sie sich jedoch allmählich auf das zauberhafte, zeitenthobene Spiel mit ihrem Mann eingelassen. Die Haare hatte sie zu zwei Zöpfen geflochten. Wie Schmetterlinge flatterten die beiden roten Blumen ihrer Haarschleifen über Rücken und Schulter. Das weiße Kleid und die Unterhose saßen wie angegossen. In diesen enganliegenden Kleidern war ihr Körper dermaßen in Erregung geraten, wie sie es noch nie erlebt hatte.

Auf dem Plattenspieler spielte jetzt Pannalal Ghoshs Flöte. Ihr Widerklang kam jedoch nicht aus dem Lautsprecher, sondern aus den verborgensten, dunkelsten Tiefen ihrer Körper.

Dr. Wakankar packte seine Frau am Handgelenk und zog sie auf seinen Schoß. »Alles wird wieder gut, Jyoti. Ich werde bestimmt einen Kompromiss finden. Ich möchte doch auch wie die anderen lachen und mein Leben genießen.«

Jyotsnas Kleid war verrutscht. Ihre weichen und molligen Oberschenkel schimmerten leicht. Der Schein des sanften Lichts brachte Dr. Wakankar mächtig in Fahrt. Er zog sie fest an seine Brust.

Die Flöte spielte noch immer in getragenem Tempo. Die Melodie entfernte sich, wurde leiser und kehrte wieder zurück. Pannalal Ghosh war zwar nicht mehr am Leben, der Klang seiner Flöte war jedoch zeitlos und lebendig geblieben. Eine Präzision und Fingerfertigkeit, wie es sie nach dem Tod wohl kaum mehr geben wird.

Im Bett klammerte Jyotsna sich nach jedem Stoß an ihren Mann. Aus einer unergründlichen Quelle brachen in ihr Tränen hervor. Sie weinte. Dieses Glücksgefühl – ein unbegreifliches, unwirkliches Verlangen trotzte es der ganzen Erschöpfung und Unsicherheit, all den Niederlagen und Frustrationen ab. Ihr Liebesakt war so zerbrechlich, so unwirklich, dass er nur wenige Augenblicke anhalten konnte. Ein flüchtiger Moment, aus heiterem Himmel in ihr Leben getreten und schon wieder verflogen. Sie keuchten. Dabei drang jedes Mal ein lautes Schluchzen aus Jyotsnas Kehle und löste sich in einen Freudenschrei auf. Voller Ekstase suchten sie im Partner nach Erinnerungen an die Vergangenheit, nach verpassten Lebenschancen, nach Geborgenheit und Lebenssinn.

Ein mühsamer, vergeblicher Versuch. Ein flüchtiger Höhepunkt, tränenüberströmter Verzweiflung entsprungen. Ein Gefühl der Ewigkeit. Die Erfahrung einer anderen, von der gewöhnlichen Wirklichkeit abgehobenen Welt. Dr. Wakankar bedeckte Jyotsnas Gesicht plötzlich mit leidenschaftlichen Küssen; dabei nahm er den salzigen Geschmack ihrer Tränen in sich auf. Noch nie hatte er sich dieser Frau, mit der er verheiratet war und die ihn durch ihre betörende Anziehungskraft in sich hineinzog, so nahe und vertraut gefühlt.

Auf dem Höhepunkt ihrer Verschmelzung und Glückseligkeit war Pannalal Ghoshs Flötenspiel deutlich schneller geworden.

Beim anschließenden Mittagessen erzählte Dr. Wakankar seiner Frau, dass er sich zwei Wochen Urlaub genommen hatte und mit der Familie für eine Woche nach Panchmarhi fahren wolle.

Zu dieser Zeit regierte die BJP nicht nur in Madhya Pradesh, sondern auch in drei weiteren Bundesstaaten. L.K. Advani, ein in die Jahre gekommener Anführer hindunationalistischer Politik, fuhr mit dem auf ein Dieselfahrzeug montierten Nachbau eines Streitwagens durch ganz Indien. Der Streit um Tempel oder Moschee in Ayodhya führte zu einer absurden und erbarmungslosen Polarisierung des Landes.

Auch Dr. Wakankar wurde von dieser Unruhe ergriffen.

Im Sangh gingen zu dieser Zeit tiefgreifende Veränderungen vor sich. Die Mitglieder des Ortsverbandes hatten es nun eilig, die nötigen Formalitäten zu erledigen. Die Hindupartei hatte eine Wahl gewonnen. Die Grundlage dazu hatte der Sangh gelegt. Er war ihr Rückgrat gewesen, hatte seine Arbeit als Seele der Partei stets lautlos und behutsam verrichtet und selbst unter den widrigsten Bedingungen nach ihrer Zersplitterung und Spaltung dafür gesorgt, dass sie wie ein Phönix auferstehen konnte.

Doch jetzt, ein paar Jahre später, war die Hindupartei an der Macht. Sie regierte den Bundesstaat und hatte die Fäden in der Hand. Der Verwaltungsapparat, die Polizei und die verschiedenen Kreditinstitute waren ihr unterstellt. Ihr öffentliches Ansehen hatte sich spürbar verändert.

Die Aufgabe des Sangh bestand nun in erster Linie darin, am Bahnhof der Landeshauptstadt eintreffende Minister in Empfang zu nehmen, zu Demonstrationen und Kundgebungen aufzurufen, Delegationen in die Landeshauptstadt zu entsenden sowie bei den staatlichen Projekten sich einen Anteil zu sichern und sie zu kontrollieren. Die meisten Mitglieder und Funktionäre stammten aus der Händlerkaste. Alle bemühten sie sich, den größtmöglichen Nutzen aus den Projekten des Staates zu ziehen. Einige waren von der Baubehörde mit dem Bau einer Straße, einer Brücke oder eines Gebäudes beauftragt worden. Andere hatten im Rahmen des Programms zur Förderung der Leichtindustrie von Zuschüssen und Subventionen profitiert und eine eigene Fabrik eröffnet. In den Genuss der Beihilfen für qualifizierte Arbeitslose kamen fast nur Mitglieder des Sangh. Um die für eine Geschäftseröffnung nötigen Lizenzen, um die Zuteilung von Produkten und Gütern, um Genehmigungen für die Personen- und Güterbeförderung, für den Alkoholausschank und den Verkauf von Waldprodukten konkurrierten ausschließlich Mitglieder des Sangh. Wer von ihnen auf einem Fahrrad gesessen hatte, fuhr nun mit dem Roller, wer mit dem Roller gefahren war, fuhr mit dem

Auto. Von den Polizisten wurden sie stets freundlich gegrüßt. Hatte man als Steuereintreiber, als Aufseher, Finanzinspektor, Katasterbeamter oder Arzt Schwierigkeiten mit seiner Versetzung oder Beförderung, wandte man sich an einen Politiker aus dem Sangh. War der Collector oder der Sub Divisional Magistrate auf Dienstreise, dann wurde er von den Politikern des Sangh begleitet. Bei diesen nahm er dann auch das Mittag- und Abendessen ein.

Die indische Verwaltung, man könnte auch sagen Bürokratie, verstand sich meisterhaft darauf, ihre Loyalität wechselnden Verhältnissen anzupassen. Von den Zeiten der Engländer bis zum heutigen Tag hatte sie immer wieder einen unglaublichen Opportunismus bewiesen. So wurden im Rahmen einer Strafaktion gleich mehrere Beamte und Staatsangestellte, die dem Sangh und der Hindupartei ein Dorn im Auge waren, in weit entfernte, rückständige Stammesgebiete versetzt.

Auch Dr. Wakankar erhielt von seinen Freunden den Rat, diesen günstigen Moment zu nutzen, um Karriere zu machen und sich in ein hübsches Städtchen versetzen zu lassen. Nun sei es endlich an der Zeit, einen Ausgleich für den lebenslangen Kampf und die zahllosen Unannehmlichkeiten zu erhalten, die er aus Treue zum Sangh auf sich genommen habe.

Dr. Wakankar verspürte oft eine quälende Unruhe. Stets hatte er daran geglaubt, dass der Sangh sich vom Congress und den anderen Parteien unterscheide. Zwar verfolgte er wie die Kommunisten ein hochgestecktes Ziel und hatte seine Ideale, kaum war er jedoch an der Macht, konnte man sehen, wie sich diese Besonderheit in Luft auflöste. Selbst die Kommunisten waren nach ihrer Machtergreifung korrupt geworden und hatten sich gegen die Interessen des Volkes gewandt.

In diesen Tagen notierte Dr. Wakankar in seinem Tagebuch:

Die momentane Situation im Sangh erschüttert mich zutiefst. Golwalkar hatte für dessen Mitglieder einen moralisch und religiös begründeten Verhaltenskodex aufgestellt. Doch darum scheint sich jetzt keiner mehr zu kümmern.

Der Staat ist offensichtlich ein Machtapparat, der mit seinem unveränderlichen Charakter alles durchdringt und jede

Gruppierung, jede Partei, Organisation und Ideologie verschlingt, die ihm zu nahe kommt. Ihnen allen stülpt er sein altbekanntes Gesicht über.

Ich bin im Sangh zunehmend isoliert. Keiner interessiert sich mehr für einen Ausbau der Aktivitäten. Es hat sich offenbar ein Menschenschlag zusammengefunden, der, nachdem er jahrelang hungern und seine Begehrlichkeiten zurückstellen musste, vollkommen sittenlos über das Festmahl herfällt. Und diese Leute halten mich für einen Idealisten.

Manchmal denke ich, dass nur ein egoistisches und selbstsüchtiges Leben der menschlichen Natur entspricht. Wer auf ein solches Leben verzichtet und sich von ihm distanziert, wird von den gewöhnlichen Menschen für verrückt erklärt.

Die Liste der korrupten und bestechlichen Beamten und Staatsangestellten unseres Bezirks, die ich vor einem Monat fertig gestellt hatte, wird von den Politikern noch immer zurückgehalten. Herr Hiralal Agrawal ist der Ansicht, der Sangh könne sich dadurch weitere Vorteile verschaffen.

Ich bin tief beunruhigt. Hoffentlich war mein Leben nicht völlig vergeblich.

In dieser Nacht erschien ihm Kamerad Madan Soni im Traum. Dr. Wakankar kannte ihn seit etlichen Jahren. Madan Soni war über die Aktionen der gesamtindischen Studentenvereinigung in den Sangh gekommen. Er war klein und schlank, hatte ein beinahe quadratisches Gesicht, das nach unten hin immer schmaler wurde, und sah so listig aus wie der schlaue Fuchs aus den Geschichten des Panchatantra. Madan Soni hatte intensiv an seiner Rhetorik gefeilt und bestimmte Redensarten und Sätze einstudiert. Dr. Wakankar war klar, dass eine solch schillernde Persönlichkeit nicht in der Lage war, zu einem Ideal oder zu einer bestimmten Organisation zu stehen. Er sah ihn geschäftig um die hohen Politiker des Sangh herumtanzen. Madan Soni war gerade dabei, zu dessen neuem Anführer aufzusteigen. Vom Collector bis zum Katasterbeamten war er bei allen gerne gesehen.

Er verkörperte die Zukunft des Sangh. Ein trügerischer Heuchler mit Quadratschädel, ein gerissener Fuchs. Menschen seines

Schlags schossen im ganzen Land wie Pilze aus dem Boden. Mit ihnen zog das pragmatische Denken auf eine alles verändernde Weise in den Sangh ein.

Madan Soni redete in Dr. Wakankars Traum ununterbrochen: »Bla ... Bla ... Bla ...«

* * *

Der Vorfall, der durch seine Sprengkraft die Geschichte Kotmas wie ein Erdbeben erschüttern sollte, begann völlig unspektakulär. Kaum jemand wird für möglich halten, dass sich die großen und bedeutenden Ereignisse in der Regel aus einer ganz alltäglichen, vollkommen belanglosen und geradezu lächerlichen Situation entwickeln.

Es ereignete sich Folgendes:

Der Elftklässler Nitin Sharma, ein Schüler des Mahatma-Gandhi-Intercolleges von Kotma, kaufte ein Paar Schuhe bei Motilal Thakarvani, einem Händler aus dem Sindh. Dafür zahlte er einhundertsechzig Rupien. Da die Hindupartei auf nationaler Ebene von einem Sindhi geführt wurde, unterstützten die meisten Sindhis in Kotma den Sangh. Der Zwölftklässler Mukesh Yadav, ein Schüler desselben Intercolleges, bezahlte in einem anderen Laden für die gleichen Schuhe dagegen einhundertzweiundzwanzig Rupien.

Die Stadt war winzig, der Preisunterschied gewaltig. Da Kotma eine richtige Kleinstadt war, liefen sich die beiden Schüler am nächsten Tag über den Weg. In Kotma kannte man sich. Sie kamen auf ihre Schuhe zu sprechen:

»Wie viel hast du für deine Schuhe bezahlt?«, fragte Mukesh.

»Hundertsechzig Rupien.«

»Dann hat dich der Verkäufer aber ganz schön über den Tisch gezogen. Ich habe für die gleichen Schuhe hundertzweiundzwanzig Rupien gezahlt. Bei wem hast du sie denn gekauft?«

»Bei Motilal Thakarvani.«

»So ein Mistkerl! Los, wir holen uns jetzt auf der Stelle dein Geld zurück!«, stachelte Mukesh ihn auf, und so machten sich die beiden auf den Weg zu Thakarvanis Laden.

Dieser versuchte zunächst kaufmännisch zu argumentieren: »Sehen Sie, die beiden Schuhe unterscheiden sich deutlich in ihrer Qualität. Das hier ist ein billiges Imitat, während es sich bei diesen um ein echtes Markenprodukt handelt. Ihr werdet schon sehen, dass sie in einem Monat völlig verschlissen sind. Das garantiere ich euch. Macht mir jetzt bloß keinen Ärger. Ich gebe euch mein Ehrenwort.«

»Willst du uns eigentlich für dumm verkaufen? Du glaubst wohl, wir sind total bekloppt? Es handelt sich um ein und dieselbe Marke und haargenau um das gleiche Paar Schuhe. Du hast uns übers Ohr gehauen! Bekommen wir unser Geld etwa geschenkt? Na los, jetzt rück es schon raus!«

Als er sich noch immer weigerte, zog Nitin seinen Schuh aus und schlug ihn Thakarvani ins Gesicht. Auch Mukesh war stinksauer. Er beschimpfte ihn ebenso und verpasste ihm mehrere Ohrfeigen.

Als sie auf die Auseinandersetzung aufmerksam wurden, kamen die Verkäufer aus den benachbarten Läden herbei. Die Händler aus dem Sindh hatten das ganze Viertel unter Kontrolle. Vier Läden weiter arbeitete Gulabchand Kundnani, ein Neffe Thakarvanis. Da er nicht mit ansehen konnte, dass sein Onkel dermaßen beleidigt wurde, hetzte er seine Kollegen auf: »Verprügelt diese Mistkerle! Packt sie euch! Lasst sie nicht ungeschoren davonkommen! Das sind richtige Verbrecher! Kommen einfach in den Laden und plündern ihn!«

Die Händler waren in der Überzahl. Sie packten die beiden. Auch Nanakchand war mittlerweile aus seinem Laden gekommen: »Wenn wir diese verlogenen Dreckskerle jedes Mal ungeschoren davonkommen lassen, dann vergreifen sie sich am Ende noch an unseren Kassen.«

Thakarvani schnappte nach Luft. An seinem Hemd war ein Ärmel zerrissen. Kundnani forderte: »Bringt sie aufs Revier! Wir können es alle bezeugen!«

Durch ihre blinde Wut waren die beiden Jungen in diese hoffnungslose Situation geraten. Man hielt sie fest und brachte sie zum Polizeirevier. Da der Inspektor gerade unterwegs war, trafen sie nur Wachtmeister Pandey an. Er stammte aus dem Bezirk

Deoria und war rund um die Uhr betrunken. In Kotma war er äußerst beliebt, da er einem schon gegen ein kleines Trinkgeld oder gegen eine halbe Flasche Schnaps einen Gefallen tat.

Gulabchand Kundnani war noch recht jung und äußerst ungestüm. Dass man seinen Onkel dermaßen gedemütigt hatte, hatte ihn wütend gemacht. Er nahm Wachtmeister Pandey beiseite, steckte ihm einen Fünfzigrupienschein in die Tasche und gab ihm zu verstehen, dass die beiden Burschen eine ordentliche Tracht Prügel verdient hätten. Für Pandey war dies reine Routine.

Er nahm einen kräftigen Schluck aus der Flasche und ging, während er sich den Mund an seiner Uniform abwischte, auf Nitin zu. »Du hast dir also ein Paar Schuhe gekauft? Und was hat dein Anhängsel dort zu suchen gehabt? Hast du denn nicht gewusst, dass er ein richtiger Dieb ist?«

Wachtmeister Pandey verpasste Mukesh Yadav mehrere Stockschläge. »Du verdammter Mistkerl, dein Vater mischt Wasser unter die Milch und führt die ganze Welt hinters Licht und da kommst du und willst für Gerechtigkeit sorgen?«

Den beiden war es inzwischen angst und bange. Auf der Polizeistation hielten sich noch vier weitere Polizisten auf. Pandey packte die Jungen am Ohr und ließ sie Kniebeugen machen. Dann drohte er ihnen: »Jetzt haltet endlich euer Maul und verschwindet! Wenn ihr weiterhin so einen Unsinn erzählt, dann sperre ich euch nach Paragraph 107, 117 und 356 ein.«

* * *

Die Stadt war klein, der Preisunterschied beträchtlich und für Kotma war der Vorfall eine große Sache. In Windeseile hatte sich in der ganzen Stadt herumgesprochen, dass zwei Schüler des Mahatma-Gandhi-Intercolleges von mehreren Sindhis und Polizisten verprügelt worden waren.

Als am nächsten Morgen die Schule begann, herrschte dort eine gespannte Atmosphäre. Alle Schüler wollten von Nitin Sharma und Mukesh Yadav über den Vorfall informiert werden. Innerhalb einer Stunde war eine große Menschenmenge zusammengekommen. Es ging jetzt um den Ruf der Schule. Auch mehrere Lehrer waren nicht damit einverstanden, dass die Polizei ihre Schüler zusammengeschlagen hatte. Sie empfahlen ihnen, Direktor Jagdev Singh Chauhan über den Vorfall zu informieren. Der teilte die Auffassung, dass es um den Ruf der Schule ging, und gab den Schülern den Rat, SDM Gupta einen Bericht über den Vorfall zu überreichen und eine Bestrafung des verantwortlichen Wachtmeisters und der Händler aus dem Sindh zu fordern.

Ein Protestzug von etwa einhundertfünfzig Schülern, unter ihnen auch mehrere Schülerinnen, setzte sich in Richtung von Guptas Bungalow in Bewegung. Gupta hatte in Delhi studiert; er hatte die Aufgaben aus den IAS-Prüfungen der letzten fünf Jahre gepaukt, sich in einem Coaching Center für das Examen trimmen lassen und war vor zwei Jahren in den Staatsdienst eingetreten. Guptas Vater lebte in Delhi und ging irgendwelchen zwielichtigen Geschäften nach. Seinen Sohn hatte er mit der Tochter einer Marwari-Familie, einer ehemaligen Internatsschülerin, verheiratet und als Mitgift dreihunderttausend Rupien in bar, einen Fiat, Schmuck, Mobiliar und viele andere Dinge eingestrichen.

Gupta und seine Frau Ritu sprachen Englisch, sie tranken Alkohol und hielten die Bewohner von Kotma für ungebildet, bäurisch und rückständig.

Als er an die zweihundert Schüler auf sein Haus zukommen sah, kam er im ersten Moment ganz schön ins Schwitzen. Dann besann er sich jedoch auf seine Schulung in Mussoorie, setzte Rajesh Khannas berühmtes Lächeln auf und trat ans Eingangstor.

»Nieder mit Wachtmeister Pandey! Nieder mit dem Polizeirevier Kotma!«

»Pandey soll hängen! Pandey soll hängen! Pandey soll hängen!«, brüllte der Protestzug der Schüler.

Gupta erkannte die günstige Gelegenheit und rief so laut er konnte auf Hindi: »Bitte kommen Sie zum Polizeirevier. Bitte bleiben Sie friedlich. Ich mache mich sofort auf den Weg.«

Während sie weiterhin ihre Parolen riefen, warteten die Schüler, bis Gupta mit dem Fiat zum Polizeirevier losgefahren war.

Bislang war es ihm bei der eintönigen Arbeit als SDM in Kotma stinklangweilig gewesen. Er stand auf Bollywoodfilme, Kriminalromane und Pornos und war dafür bekannt, bei jeder

Gelegenheit Dialoge des einen oder anderen Bollywoodhelden zum Besten zu geben. Mit seinen Untergebenen sprach er meist in einem Jargon, als könne er kein Hindi.

»Shit! I always find difficult to speak this language…«, schimpfte er die ganze Zeit.

Die Schülerschar kam vor dem Eingangstor zum Polizeirevier zu stehen. Man hatte es von innen verriegelt. Die Polizeimannschaft von Kotma bestand aus nur zehn Polizisten, einem Inspektor und einem Wachtmeister. Es gab zwei alte .303-Gewehre, die schon seit Jahren nicht mehr zum Einsatz gekommen waren.

Gupta saß im Polizeirevier auf dem Platz des Inspektors und sprach gerade mit den Polizisten.

Die Blicke der Schüler fielen auf Wachtmeister Pandey. Der war es gewesen, der mit dem Stock auf Mukesh Yadav eingeschlagen hatte; und Nitin Sharma hatte er am Ohr gepackt und Kniebeugen machen lassen. Auch heute befand er sich wieder in seinem ›Normalzustand‹, will sagen: er war sternhagelvoll. Den Ernst der Lage völlig verkennend, schlug er ununterbrochen mit dem Stock auf den Boden und schimpfte laut vor sich hin. Der Inspektor wies ihn mehrfach zurecht, aber auf dem Gelände des Polizeireviers platzte Pandey schier vor Kraft und führte sich auf wie ein wildgewordener Kater. Besoffen genug war er ja.

Mit einem pfeifenden Geräusch kam aus Richtung der Schüler ein Stein geflogen und traf Pandey an der Schläfe. »Verdammt, das Arschloch hat mich erwischt!«, kreischte er und hielt sich die Schläfe. Er mußte sich setzten. Aber schon kamen die nächsten Steine geflogen und schlugen direkt vor SDM Gupta auf dem Tisch ein. Im Polizeirevier brach Panik aus. Gupta verkroch sich unter seinem Tisch und schrie: »Wo sind die Gewehre? Alle Mann an die Waffen!«

Das Gelände des Polizeireviers war ringsum eingezäunt. Es gab nur einen Ausgang: Das Tor, vor dem sich die Schüler aufgebaut hatten. Dort wurden Parolen gebrüllt und Steine geworfen. Als die Schüler sahen, dass die Polizisten Angst bekommen hatten und Gupta sich unter dem Tisch verkroch, kamen sie erst richtig in Fahrt:

»Bringt Wachtmeister Pandey raus! Bringt ihn raus!«

»Bringt den Säufer Pandey raus! Bringt ihn raus!«

»Der SDM ist ein Feigling! Pfui, Pfui!«

Vor dem Tor hatten sich ein paar Schüler auf die Motorhaube des Fiats gesetzt, den Gupta als Mitgift erhalten hatte, und trommelten mit Stöcken auf ihm herum.

Klirrend ging die Windschutzscheibe in tausend Stücke. Gupta bangte um seinen Wagen. Er wandte sich an den Inspektor: »Bitte geben Sie Schießbefehl! Lassen Sie in die Luft schießen! Diese Verrückten nehmen mir sonst das ganze Auto auseinander!«

Der Inspektor erteilte den Schießbefehl. In Kotma fielen zum ersten Mal Schüsse.

Die Menge geriet in Panik. Die Schüler stoben auseinander. Ein kleiner Teil von ihnen blieb jedoch vor dem Tor stehen und skandierte weiterhin seine Parolen.

Zu ihm gehörte auch der zweiundzwanzigjährige Taufik Ahmad. Während er versuchte, die Schüler zur Ruhe zu bringen, schaute er immer wieder zu Gupta herüber und rief: »Sir, bitte kommen Sie ans Tor! Reden Sie bitte mit diesen Jungen. Sie werden Ihnen nichts tun. Ich versichere es Ihnen!«

Taufik war Mitglied im interreligiösen Friedenskomitee Kotma, das man in jenem Jahr ins Leben gerufen hatte. Er mochte die Erzählungen Premchands und Mantos. In Kotma kannte man ihn als einen ruhigen, vernünftigen und zuvorkommenden Jungen. Neben der Schule führte er einen kleinen Zeitschriftenladen.

Die Gründung des Friedenskomitees war in eine Zeit gefallen, in der es wegen des Streits um Tempel oder Moschee in Ayodhya zu den ersten Spannungen gekommen war und auf dem Basar mehrere Händler in voller Lautstärke Kassetten mit einer gefährlichen Frauenstimme laufen ließen.

In Kotma lebten gerade einmal zwischen vierzig und fünfzig muslimische Familien. Die meisten von ihnen in ärmlichen Verhältnissen. Gewöhnlich arbeiteten sie als Metzger oder verkauften billigen Schmuck. Auch Taufiks Mutter zog mit einem Glaskasten durch die Dörfer und verkaufte Armreife, Ohrringe, Kajal, Kämme, Haarnadeln und andere Frauenartikel.

Gupta wurde auf Taufik aufmerksam und fragte den Inspektor: »Wer ist der Kerl? Das muss der Rädelsführer sein.«

Pandeys Schläfe war mittlerweile angeschwollen und blutete: »Ein dreckiger Moslem, Sir. Der Sohn einer Hausiererin. Er hetzt die Schüler gegen uns auf.«

Aus dieser Entfernung hatte auch Gupta den Eindruck, Taufik würde die Schüler nicht beruhigen, sondern sie noch weiter aufstacheln. Da sah er, wie eine Gruppe von vier, fünf Jungen mit einem Kanister, der aller Wahrscheinlichkeit nach Benzin enthielt, vor dem Polizeirevier eintraf und ihn über den Fiat schüttete.

Taufik brüllte sie mehrmals an und forderte von ihnen, umgehend damit aufzuhören. Die Jungen gehörten nicht zu den Schülern; sie kamen aus der verstoßenen und unnützen Bevölkerungsschicht Kotmas, die an diesem Tag unter Beweis stellen wollte, dass es sie noch gab und wie wertvoll sie war.

Gupta, der damit rechnete, dass sein Fiat jeden Moment in Flammen aufgehen würde, schrie: »Feuer! Als Sub Divisional Magistrate befehle ich euch zu schießen!«

»Feuer!«

»Feuer!«

»Feuer!«

Hätte sich unserem wilden Kater, dem sturzbetrunkenen Wachtmeister Pandey, eine bessere Gelegenheit bieten können, seine Fähigkeiten und seine Treue vor den Augen des Vorgesetzten unter Beweis zu stellen? Er riss Polizist Murarilal das Gewehr aus der Hand, legte an und drückte ab.

Zwei Schüsse fielen.

Der Zweite traf am Hinterkopf. Dort, wo das Gehirn sitzt. Mit dem Gesicht voran stürzte Taufik zu Boden. Es brach ein eigenartiger Lärm aus. Als würde die Menge gemeinsam aufschreien oder seufzen.

Während weiterhin in die Luft geschossen wurde, schlugen mehrere Polizisten mit Schlagstöcken auf die Schüler ein.

Zahlreiche Jungen bluteten am Kopf, an der Schläfe und im Gesicht. Unter den Verletzten waren auch mehrere Schülerinnen und Erziehungsberechtigte.

* * *

Dr. Wakankar war bereits im Krankenhaus, als die verwundeten Schüler dort gruppenweise eintrafen. Im Krankenhaus arbeiteten vier Ärzte. Einer hatte gerade Urlaub. Bislang hatte keiner von ihnen so viele Patienten auf einmal behandelt. Es brach Panik aus.

Siebzehn Schüler hatten schwere Verletzungen davongetragen. Sie bluteten stark und konnten jeden Moment ohnmächtig werden. Das Krankenhaus verfügte gerade einmal über acht Betten.

Man breitete einen Teppich auf der Veranda aus und bettete darauf die Verletzten. Doch selbst danach trafen noch vereinzelt verwundete Schüler ein.

Um sie alle behandeln zu können, hatte Dr. Wakankar mehrere Privatärzte aus Kotma um Hilfe gebeten. Drei Schüler befanden sich in besorgniserregendem Zustand.

Einem dreizehnjährigen Mädchen namens Sushma Kori hatte man beide Backenknochen gebrochen.

Sie sah entsetzlich aus und spuckte Blut.

Dr. Wakankar trug Namen, Alter und Anschrift der Verwundeten sowie die Einzelheiten zu ihren Verletzungen eigenhändig in das Ambulanzregister ein. Bis zwei Uhr waren bereits zweiunddreißig Verletzte im Krankenhaus eingetroffen.

Man erfuhr, dass der Superintendent mit großem Polizeiaufgebot aus dem Bezirkshauptquartier nach Kotma gekommen war. Die Geschäfte hatten geschlossen. Der Basar war menschenleer.

Bis Viertel nach zwei ließ man Taufik mit dem Gesicht nach unten vor der Polizeistation liegen. Man hätte meinen können, er küsse die Erde von Kotma.

Um halb vier wurde er dann von einem Jeep der Baubehörde ins Krankenhaus gebracht:

Taufik Ahmad; Alter: 22; Vater: Rafik Ahmad, besser bekannt als Onkel Tahmatiya; Anschrift: Purani Basti ... Bett Nr. 3 (Notfall)

Dr. Wakankar untersuchte ihn. Dr. Tiwari, Dr. Sonwalkar und Dr. Agrawal schauten ihn sich ebenfalls an.

Da sein Gehirn noch nicht vollständig abgestorben war, galt Taufik bis Viertel vor vier noch nicht als klinisch tot und wurde künstlich beatmet.

Fünf Minuten vor vier, also um drei Uhr fünfundfünfzig, stellte man dann seinen Tod fest.

Taufiks Vater, besser bekannt als Onkel Tahmatiya, und seine Mutter befanden sich unter den unzähligen Menschen vor dem Krankenhaus. Hinein ließ man niemanden. Die Polizei hatte extra eine Wache aufgestellt.

Jemand musste ihnen jedoch die Nachricht überbracht haben, da vor dem Krankenhaus mehrere Menschen in heftiges Weinen ausbrachen.

Taufik war bereits verheiratet und hatte eine Tochter.

Gegen fünf Uhr trafen der Superintendent und der Amtsarzt des Bezirkskrankenhauses zusammen in einem Jeep ein.

Der Amtsarzt inspizierte das Krankenhaus. Nachdem er sich einen Überblick verschafft hatte, nahm er Dr. Wakankar beiseite und sprach mit ihm unter vier Augen.

»Sie haben die Situation doch im Griff?«

»Ja, Sir. Wir hatten nur zu Beginn ein paar Schwierigkeiten. Nachdem wir dann einige ortsansässige Ärzte um Hilfe gebeten hatten, haben wir die Situation unter Kontrolle bekommen.«

»Warum haben Sie mir im Ambulanzregister eigentlich sämtliche Einträge zu den Verletzten gezeigt? Und wenn Sie schon unbedingt etwas eintragen mussten, warum haben Sie die Verletzungen dann in aller Ausführlichkeit beschrieben ...?«

»Warum? Hätte ich denn nichts eintragen sollen? Das ist doch Vorschrift!« Dr. Wakankar wunderte sich ein wenig.

»Aber Herr Wakankar, gehören Sie etwa auch ...?« Der Amtsarzt war sichtlich verärgert. »Ja waren Sie denn noch nie mit einer solchen Situation konfrontiert ...? Wie denn auch! Sie haben ja ihr ganzes Leben bei den Ureinwohnern verbracht.«

»Ich verstehe nicht, Sir.« Dr. Wakankar begriff nicht, was man von ihm wollte.

»Lassen Sie uns zum Jeep gehen. Der Superintendent kann es Ihnen bestimmt erklären.« Der Amtsarzt brachte Dr. Wakankar zum Jeep.

Taufiks Mutter klagte schluchzend ihr Leid. Seine Witwe musste von mehreren Frauen festgehalten werden. Sie wollte nur noch weglaufen. Ihr Gesicht war völlig entstellt.

Seine dreijährige Tochter Eroma war mucksmäuschenstill. Sie hatte Angst. Von all dem konnte sie noch nichts verstehen. Oder begriff sie doch mehr, als ihrem Alter gemäß war, und war deshalb versteinert?

Dr. Wakankar, der Superintendent und der Amtsarzt trafen im Gästehaus der Baubehörde ein. Sie erfuhren, dass in der nächsten halben Stunde mit der Ankunft von Collector Randhawa zu rechnen war. Auch SDM Gupta war zugegen. Vor lauter Angst war ihm sämtliche Farbe aus dem Gesicht gewichen.

Man bestellte einen Tee und schloss das Zimmer ab.

Der Amtsarzt eröffnete das Gespräch:

»Sehen Sie, wir haben Anweisungen aus Bhopal. Wir müssen die Sache gemeinsam in Ordnung bringen. Dabei sollte sich niemand von seinen Gefühlen leiten lassen. Es ist eine ernste Angelegenheit. Herr Gupta ist von höchster Stelle hierher versetzt worden. Er ist einer von uns. Ihm fehlt nur noch die nötige Erfahrung. Deshalb ist ihm auch dieser Fehler unterlaufen.«

»Sprechen Sie bitte offen«, meldete sich der Superintendent zu Wort. »Sehen Sie, Dr. Wakankar, wir haben bislang noch nichts Gutes über Sie gehört. Sie müssen sich dieses Mal unbedingt etwas vernünftiger anstellen!«

»Die Posten von mehreren Personen stehen auf dem Spiel. Verwaltung und Polizei sind gleichermaßen darin verstrickt.«

Im Zimmer herrschte schlagartig eine gespannte Atmosphäre. Das Licht der Glühbirne schien Dr. Wakankar mit einem Mal gedämpft, die Gesichter des Superintendenten und des Amtsarztes kamen ihm weit entfernt vor.

Die Stimme des Superintendenten klang nun äußerst ernst. So ernst und streng, dass sie zunehmend metallener wirkte.

»Es gab nur einen Zugang zum Polizeirevier. Dort hatten diese Schurken sich aufgebaut. Es waren gut zweihundert. Hätten wir nicht geschossen, dann hätten sie den SDM und die Polizisten in Stücke gerissen. Ich habe mich vor Ort umgesehen. Verstehen Sie, Dr. Wakankar, ich möchte nur nicht, dass meine Leute sich die Finger verbrennen. Zu einer Untersuchung wird es frühestens in ein paar Tagen kommen. Im Moment müssen wir die Sache auf niedriger Flamme halten.«

Der Amtsarzt blickte zu Dr. Wakankar.

»Bitte sprechen Sie offen. Bitte sagen Sie mir, was ich tun soll. Ich bin bereit, alles in meiner Macht Stehende zu unternehmen«, bat Dr. Wakankar.

»Darum geht es jetzt nicht«, entgegnete der Superintendent. Im Zimmer wurde es wieder heller. Die Situation entspannte sich. Der Amtsarzt schlug vor, noch einen Tee zu trinken. Man bestellte ihn.

»Sehen Sie, es geht um zwei Dinge. Zum einen sollten Sie sich das Ambulanzregister hierher bringen lassen und einige Polizisten aus Ihrem Revier in die Verletztenliste aufnehmen. Ich habe bereits die nötigen Anweisungen gegeben. Dabei sollten zwei, drei Einträge ziemlich ernst aussehen«, sagte der Superintendent.

»Und zum anderen ...«, der Amtsarzt stellte seine Tasse auf den Tisch. Mit einem Mal hatte er einen todernsten Gesichtsausdruck, »... zum anderen muss es so aussehen, als sei Taufik von einem Stein getroffen worden und seinen Verletzungen erlegen!«

Im Zimmer wurde es augenblicklich still. Die Glühbirne war wieder schwächer geworden. Dr. Wakankar kam sich vor, als wäre er in ein altes Burgverlies geraten und wisse nicht mehr, wo der Ausgang war. Genau so funktionierte also das System, von dem auch er ein Teil war.

»Die Autopsie muss noch heute über die Bühne gehen. Das Team wird aus drei Ärzten bestehen. Ich selbst werde ihm auch angehören. Da Sie für den Bezirk zuständig und zudem der ranghöchste Arzt in dieser Region sind, werden Sie ihm ebenfalls angehören. Machen Sie sich keine Sorgen. Die Regierung wünscht es so.« Der Amtsarzt war sich seiner Sache sicher.

Draußen hörte man einen Jeep vorfahren. Collector Randhawa war eingetroffen. Er hatte den hochgewachsenen und kräftigen Körper eines Panjabi, war um die fünfzig und stand dem Sangh seit langem nahe. Einmal war sogar das Gerücht aufgekommen, er würde von seinem Posten zurücktreten und in den Wahlkampf ziehen. In der Landesregierung habe man bereits ein Ministeramt für ihn reserviert.

»Hallo Jungs! Was liegt an?« Randhawa hatte keine einzige Falte im Gesicht. »Ihr scheint ja alles im Griff zu haben.« Er hatte inzwischen Platz genommen. Die Besprechung konnte fortgesetzt werden. Man stellte ihm Dr. Wakankar vor.

»So geht es jetzt im ganzen Land zu. Seit unsere Partei an der Macht ist, gibt es überall Ausschreitungen. Selbst eine so rückständige Region wie Kotma ist politisiert.« Collector Randhawa schaute allen Anwesenden ins Gesicht, dann hielt er inne. Sein Blick war an Dr. Wakankar hängen geblieben.

»Was ist? Geht es Ihnen nicht gut?«

»Der Tag muss ihn ziemlich mitgenommen haben. Seit heute Morgen hat er sich pausenlos um die Verletzten gekümmert«, erklärte der Amtsarzt.

»Wie hieß der Junge noch mal ...«, fragte der Collector.

»Taufik Ahmad!«

»Ach ja, Taufik Ahmad. Weiß man denn, welche Partei ihn angestiftet hat?« Die Frage richtete sich an den Superintendenten.

»Ich habe bereits mit Herrn Agrawal gesprochen. Außerdem hat Justizminister T.P. Singh aus Bhopal hier angerufen. Es soll sich um eine politische Angelegenheit handeln. Das Ganze ist scheinbar initiiert worden, um Herrn Singh in seinem Wahlkreis zu schwächen.«

»Kommt Herr Singh denn hierher?«

»Ja, morgen Nachmittag.«

Der Superintendent blickte zu Collector Randhawa: »Ich habe es zu einem Communal Riot erklärt. Die Schüler von zwei verschiedenen Gruppierungen sind aneinander geraten.«

»Das haben Sie gut gemacht«, lobte ihn der Collector. »Seit unsere Partei an Einfluss gewonnen hat, kommt es überall zu diesen Ausschreitungen. Hier ist genau das Gleiche passiert. Der Junge namens Taufik ist bestimmt von jemandem angestiftet worden. Bleibt abzuwarten, ob sie morgen zu einem Sitzstreik aufrufen, in Hungerstreik treten oder auf die Straße gehen. Dabei werden sie dann vermutlich auch Puppen von Herrn Singh anzünden ... nun gut. Ist denn das Team für die Autopsie schon zusammengestellt?«

Der Amtsarzt wollte gerade antworten, als Dr. Wakankar auf dem Sofa zusammensackte.

»Was ist mit Ihnen?«

»Nichts Besonderes, mir ist nur etwas schwindlig. Ich werde schon wieder auf die Beine kommen.« Seine Stimme stockte. Es kam ihm vor, als würde er in weiter Ferne, zwischen lauter Trümmern, in der Ecke einer Ruine liegen. Er nahm seine ganze Kraft zusammen und wandte sich an die im schwächer werdenden Licht zurückweichenden Gesichter: »Beurlauben Sie mich bitte aus gesundheitlichen Gründen. Stellen Sie das Autopsie-Team bitte ohne mich zusammen.«

Für einen Moment wurde es wieder still.

Collector Randhawa nahm die Situation in die Hand: »Ich verstehe. Sie sind erschöpft. Ruhen Sie sich erst mal ein wenig aus, es wird schon wieder alles in Ordnung kommen.«

Daraufhin erlaubte sich der Collector einen Scherz: »Ich habe schon die tollsten Geschichten über Dr. Wakankar gehört! Wie sehr er sich doch für den Sangh eingesetzt hat ... Einmal hat er sogar den Premierminister nach seiner Pfeife tanzen lassen ... Ha, ha, ha!«

»Und heute gibt er sich kampflos geschlagen ... Ha, ha«, fügte der Superintendent hinzu. »Herr Agrawal ist übrigens der Ansicht, dass sich die Oppositionsparteien mit den Minderheiten verbündet haben ...«

»Deswegen bin ich davon überzeugt, Herr Wakankar, dass der eigentliche Kampf gerade erst begonnen hat. Glauben Sie denn wirklich, dass es bei den Ausschreitungen in Kotma nur um ein Paar Schuhe ging? So einfach ist die Welt heute nicht mehr. Taufik war der Lockspitzel der Oppositionsparteien. Er war nicht wegen irgendwelcher Schuhe dort, sondern wegen Herrn Singh in Bhopal und der Babri-Moschee in Ayodhya.« Collector Randhawa wurde lauter: »Ich kann es sogar beweisen! Die Ausschreitungen waren genaustens geplant! Man muss diese Unruhestifter so zur Vernunft bringen, dass ...«

»Wir sollten Dr. Wakankar etwas Ruhe gönnen und uns nach draußen setzten«, schlug der Superintendent vor.

Dr. Wakankar lag nun alleine im Zimmer auf dem Sofa; wie im Innern einer Festung. Er hatte hohen Blutdruck. Seine Augen waren blutunterlaufen. Er versuchte zu schlafen. Aber sobald er die Augen schloss, packte ihn eine Unruhe, heftig wie ein

Wirbelsturm. Schon nach kurzer Zeit stand er wieder auf, holte sich ein Blatt Papier und einen Stift aus der Tasche und setzte ein kurzes Schreiben an den Amtsarzt auf:

An den Bezirksamtsarzt

Sehr geehrter Herr Gupta,
da ich aus gesundheitlichen Gründen nicht in der Lage bin, im Krankenhaus zu erscheinen, möchte ich Sie bitten, mich für zwei Wochen zu beurlauben.

Dr. Dinesh Manohar Wakankar
Kreisarzt Kotma

Leichnam, Glauben und Intensivstation

Collector Randhawa hielt den Urlaubsantrag in der Hand. Zum ersten Mal schien er sich Sorgen zu machen. Der hellhäutige Panjabi hatte Schweißperlen auf der Stirn.

»Was soll denn das, Doktor? Das ist ja eine Geschichte!«

Der Amtsarzt war sichtlich verärgert: »Sie wissen doch, dass Sie jetzt keinen Urlaub mehr nehmen können. Wenn Sie welchen gebraucht hätten, dann hätten Sie ihn heute Morgen einreichen müssen. Sie haben doch alle Verwundeten mit genauen Angaben zu ihren Verletzungen ins Ambulanzregister eingetragen. Alle Rezepte tragen ihre Handschrift. Echt Klasse, Doktor, ausgerechnet jetzt wollen Sie Urlaub! Wenn Sie sich jetzt beurlauben lassen, wird das die Gerüchteküche mächtig anheizen!«

Dr. Wakankars Gesundheitszustand hatte sich etwas gebessert; er wirkte ein wenig ausgeglichener. Vollkommen ungerührt entgegnete er: »Ich habe meine Arbeit korrekt erledigt. Das Register habe ich selbst ausfüllen müssen, weil der Sekretär im Urlaub war. Die Angaben zu den Verletzungen stimmen genau. Es wäre wirklich besser, Sie würden mich beurlauben ...«

»Was soll das heißen?« Collector Randhawa erhob die Stimme. »Wollen Sie dem Autopsie-Team etwa nicht angehören?«

»Dazu sind Sie aber verpflichtet«, fügte der Amtsarzt förmlich hinzu.

»Wenn das meine Pflicht ist, dann ist es ebenso meine Pflicht, die korrekte medizinische Ursache für Taufik Ahmads Tod in den Autopsiebericht einzutragen. Sie wissen doch genau, dass er an einem Kopfschuss gestorben ist. Seine Gehirnverletzung stammt eindeutig von einem Gewehrschuss!«, entgegnete Dr. Wakankar mit einer Gefasstheit, die sich erst einstellt, nachdem man eine Entscheidung getroffen hat.

»Was erzählen Sie denn da? Das ist ja lächerlich!« SDM Gupta, auf dessen Befehl die Schüsse gefallen waren, war auch unter ihnen.

»Bringen Sie ihn bitte zur Vernunft! Die Karriere mehrerer Beamter und Polizisten steht auf dem Spiel«, wandte sich Collector Randhawa an den Superintendenten.

Dieser holte mehrere Papiere aus der Tasche.

»Wissen Sie, was ich da habe? Das sind lauter Anträge und Petitionen. Das hier ist der Antrag von Taufiks Angehörigen, von seiner Frau und seinen Eltern. Sie wollen, dass Sie die Autopsie durchführen. Und diese Petition stammt von mehreren Bürgern aus Kotma. Auch die Oppositionsparteien haben schon Anträge eingereicht. Die Abzüge sämtlicher Schreiben sind bis nach Delhi und Bhopal gelangt.«

»Sie haben der hiesigen Bevölkerung ja ganz schön den Kopf verdreht. Sie sind im Sangh, und die Moslems wollen von Ihnen trotzdem eine Leiche obduzieren lassen«, sagte der Amtsarzt ironisch.

Dr. Wakankar schwieg.

»Denken Sie noch einmal in aller Ruhe darüber nach. Sie müssen dem Autopsie-Team angehören, daran führt kein Weg vorbei«, gab ihm der Collector zu verstehen. »Herr Superintendent, bringen Sie Dr. Wakankar bitte nach Hause. Übrigens, solange Sie sich noch nicht entschieden haben, wird Taufiks Leiche von niemandem angerührt.«

* * *

Der Superintendent fuhr ihn mit dem Jeep nach Hause.

Er hielt vor dem Tor. Dr. Wakankar war bereits ausgestiegen und auf dem Weg zu seinem Bungalow, als er ihn noch einmal zu sich rief. Sein Gesicht wirkte jetzt völlig fremd. Es war so ausdruckslos und gefühlskalt, als gehöre es einer Maschine.

»Taufik Ahmad ist gestorben, weil er von einem Stein getroffen wurde. Bringen Sie Ihre Regierung und Ihre Familie doch nicht wegen eines Moslems in Schwierigkeiten ... Haben Sie mich verstanden?«

Der Jeep fuhr abrupt an. Er zog eine Wolke von Staub und Qualm hinter sich her. Dr. Wakankar blieb lange in dieser Wolke vor dem Tor stehen. Dann hörte er seine Töchter im Haus lachen und machte sich zögernd auf den Weg.

Puja hatte ihm einen Tee gebracht. Er lag auf dem Bett in seinem Zimmer und schwieg. Vor ihm tauchte immer wieder das Gesicht des Superintendenten auf. Aus seiner Nase kamen Benzinwolken. Dr. Wakankar bekam fast keine Luft mehr.

Im Gehirn von Dr. Dinesh Manohar Wakankar, Arzt und Doktor der Medizin, Kreisarzt von Kotma, der schon mehrere Forschungsarbeiten in internationalen Fachzeitschriften veröffentlicht hatte, von den Upanishaden und den großen Epen bis hin zu Buddha und Gandhi alles gelesen hatte, einen unerschütterlichen Glauben an seine Religion besaß, mehrere Jahre seines Lebens in die Wiedererweckung der Hindus und in den Sangh investiert hatte und seinen Töchtern die Namen Puja, Upasna, Prarthna und Tapasya gegeben hatte, spulte sich nun ein Film ab. Er hatte begriffen, dass der Vorfall in Kotma für sein Leben und für seine Familie einem fürchterlichen Erdbeben gleich kam. Dass sich in Kotma herumgesprochen hatte, dass Taufik an einer Schussverletzung gestorben war, wusste er. Die verwundeten Schüler hatten ihm berichtet, sie hätten mit eigenen Augen gesehen, dass der SDM den Schießbefehl erteilt und der trunksüchtige Wachtmeister Pandey den Schuss abgegeben hatte.

Nacheinander tauchten vor ihm die Gesichter der verletzten Schüler auf. Er sah das entstellte Gesicht von Taufiks Witwe. Als sie die Nachricht vom Tod ihres Mannes erhalten und sich loszureißen versucht hatte, wo hatte sie da hinlaufen wollen? Dorthin, wo sie ihren erst zweiundzwanzigjährigen Gatten noch einmal lebendig hätte sehen können …? Noch einmal sein blutverschmiertes Gesicht hätte küssen können …? Und was hatte dieses kleine, dreijährige Mädchen Eroma begriffen, das seinem Alter so weit voraus war? Was hatte es versteinern lassen?

Dr. Wakankar wusste, dass es sich um keinen gewöhnlichen Zwischenfall mehr handelte. Kotma war der Wahlkreis des Justizministers T.P. Singh, eines alten Funktionärs des Sangh und der Hindupartei. Inzwischen gehörte er jedoch der Regierung an und musste als politischer Machthaber die Verantwortlichen im Verwaltungsapparat unterstützen. Bürokratie und Politik waren miteinander verflochten. Aus ihnen setzte sich der Staatsapparat zusammen. Sie ergänzten sich gegenseitig und waren untrennbar miteinander verwoben. Bei dem Vorfall in Kotma standen der SDM, der Inspektor, die Polizei und die regierende Hindupartei auf einer Seite.

Dr. Wakankar, der sich sein Leben lang für seinen Beruf, seine Religion und den Sangh aufgeopfert hatte, sah sich in einem aberwitzigen Zwiespalt gefangen.

Er hatte seinen Beruf gewissenhaft und voller Hingabe ausgeübt, hatte sich als Beamter an sämtliche Vorschriften und Paragraphen gehalten und seinen Patienten nie minderwertige Imitate oder Medikamente verabreicht. Als staatlicher Arzt hatte er keine privaten Honorare berechnet und keine eigene Praxis geführt, sondern so gut es ging gegen seine korrupten und skrupellosen Kollegen gekämpft, die sich nicht an die staatlichen Vorschriften halten wollten. Als er einsehen musste, dass er einen aussichtslosen Kampf führte, hatte er einen Weg gesucht, wie er wenigstens selbst seinen eigenen Moralvorstellungen und Prinzipien treu bleiben konnte. Jahrelang lebte er in rückständigen, mehrheitlich von Adivasis bewohnten Gebieten. Selbst in dieser Zeit hatte er in verschiedenen medizinischen Bereichen geforscht und sich weitergebildet. Als Mitglied des Sangh war er stets darum bemüht gewesen, das gebrochene Selbstwertgefühl der vernachlässigten und gedemütigten Hindus, ihren Nationalstolz und den Glauben an ihre unter den starken westlichen Einflüssen ins Wanken geratene Religion wieder zu stärken. Wie konnte dann plötzlich so etwas geschehen? Er hatte doch eigentlich Gott erfinden und eine göttliche Ordnung aufbauen wollen. Wie war er dann so plötzlich in die Hände dieser Verbrecher geraten?

Dr. Wakankar hatte hohen Blutdruck. Auf einmal sah er das Gesicht des Superintendenten in seinem Zimmer. Er atmete Benzinwolken durch die Nase aus. Dann bemerkte Dr. Wakankar, dass auch der trunksüchtige Wachtmeister Pandey in sein Zimmer eingedrungen war und dort umherlief. Jyotsna saß in der Ecke und weinte.

Er sah Puja in einer Unterhose auf sich zukommen, hinter deren Falten es dunkel schimmerte. Ihre hellen, unschuldigen Oberschenkel waren blutverschmiert. Sie wurde von einem Mann verfolgt.

Dr. Wakankar betrachtete ihn genauer. Es war der Justizminister T.P. Singh, ein alter Funktionär aus dem Sangh. Er kannte ihn schon seit fünfzehn Jahren. Während er Puja verfolgte, rief er: »Wir werden den Tempel dort bauen! Wir werden den Tempel dort bauen!«

Puja rannte auf ihren Vater zu und schrie: »Papa, Papa!«

Dr. Wakankar schnarchte. Er schlief so tief, dass man streng genommen schon gar nicht mehr von Schlaf sprechen konnte. Sein Zustand glich vielmehr einem vorübergehenden Tod oder einer kurzen Bewusstlosigkeit.

Um zwei Uhr in der Nacht weckte ihn seine Frau. Puja und Prarthna waren mit ihr aufgestanden.

»Papa, du hast uns mit deinem Schlaf einen ganz schönen Schrecken eingejagt. Mama versucht dich schon seit einer Ewigkeit wach zu bekommen«, sagte Puja.

»Soll ich dir einen Tee machen, Papa?«, fragte Prarthna.

»Draußen steht ein Jeep. Sie sind hier, um dich abzuholen. Der Minister soll eingetroffen sein«, klärte ihn seine Frau auf.

»Der wollte doch erst morgen kommen«, sagte Dr. Wakankar leise.

Er bat Prarthna, einen Tee zu machen und ging ins Bad, um sich zu waschen.

Der Justizminister war im Gästehaus abgestiegen. Dr. Wakankar erfuhr, dass er vor einer halben Stunde mit dem Hubschrauber

Malkanis, des Besitzers der Papierfabrik, in Kotma eingetroffen war.

Als er im Gästehaus ankam, hielt sich dort neben Collector Randhawa, dem Superintendenten, dem Amtsarzt und einigen anderen Beamten der im ganzen Bezirk gefürchtete Ganove Gundu Singh auf. Auch er war inzwischen in der Hindupartei und galt als T.P. Singhs rechte Hand.

Als er Dr. Wakankar sah, erhob sich T.P. Singh, begrüßte ihn und sagte gereizt: »Extra wegen Ihnen muss ich hierher kommen, Bhaiji! Was machen Sie denn für Sachen? Wir kennen uns jetzt schon so lange und ich muss mir erzählen lassen, dass Sie zu einem Spielball der Opposition und dieser Sektierer geworden sind. Die Verschwörung richtet sich nicht nur gegen mich. Sie richtet sich genauso gegen die Partei.«

Dr. Wakankar betrachtete ihn. Sein Gesicht war voller geworden. Er hatte zugenommen. Justizminister T.P. Singh hatte einen Kalk- und Zementgroßhandel. Im Sangh und in der Hindupartei waren fast nur Händler und Unternehmer.

Dr. Wakankar ergriff das Wort: »In Wirklichkeit besteht das Problem darin, Bhaiji, dass wir nicht allen Sand in die Augen streuen können. Dafür haben zu viele gesehen, wie Taufik umgekommen ist. Selbst wenn ich in den Autopsiebericht eintrage, dass er von einem Stein getötet wurde, wird es trotzdem niemand glauben.«

Da meldete sich plötzlich der Superintendent zu Wort: »Hat denn jemand gesehen, dass er erschossen wurde? Wenn Sie jemanden kennen, dann nennen Sie mir bitte seinen Namen!«

Der Justizminister lachte: »Was erzählen Sie denn für einen Unsinn, Dr. Wakankar. Niemand hat es gesehen. So etwas kann man überhaupt nicht sehen. Kümmern Sie sich nicht um solche Geschichten. Sie müssen doch nur den Autopsiebericht ausfüllen!«

Wie in einer Schlacht hatten sie ihn von allen Seiten umstellt. Er wollte nicht mehr länger kämpfen, wollte nur noch die Flucht ergreifen und mit seiner Familie für ein paar Wochen nach Panchmarhi oder sonst wohin fahren und diesen Albtraum hinter sich lassen.

Mit schwacher Stimme wandte er sich an den Justizminister: »Bhaiji, geben Sie mir bitte Urlaub. Tun Sie, was Sie tun müssen, aber lassen Sie mich bitte aus dem Spiel! Ich flehe Sie an!«

Das Gesicht des Justizministers verfinsterte sich: »Das kann ich nicht. Wir sind in Delhi nicht an der Regierung. Die Anträge und Petitionen, in denen Sie aufgefordert werden, dem Autopsie-Team beizutreten, sind bereits alle abgeschickt. Sogar die Presse schreibt schon darüber. Ich kann nicht verstehen, wovor Sie sich fürchten. Sie haben doch eine außerordentlich starke Macht hinter sich. Es geht immerhin um Ihre Regierung. Für die haben Sie sich doch so lange eingesetzt. Im ganzen Bundesstaat sind Sie den Mitgliedern des Sangh ein Begriff. Wir alle bewundern Sie. Die Politik funktioniert nun einmal so. Wer hat denn etwas davon, wenn diese Beamten, mit denen Sie immerhin in der gleichen Partei sind, wegen Ihnen ins Gefängnis müssen oder vom Dienst suspendiert werden und ich zurücktreten muss?« Der Justizminister ging auf Dr. Wakankar zu und legte ihm die Hand auf die Schulter: »Hören Sie, Bhaiji, Sie werden den Autopsiebericht schreiben!«

»Bitte glauben Sie mir. Ich kann eine solche Lüge unmöglich in den Autopsiebericht eintragen. So etwas kann ich mit meinem Beruf nicht vereinbaren«, entgegnete Dr. Wakankar.

»Sie sind doch im Sangh. Also sprechen Sie mit Bhaiji Agrawal. Alle sind damit einverstanden. Sie müssen jetzt Ihre Regierung unterstützen!«

Dr. Wakankar drehte sich der Kopf. Das war es also, was sie von ihm wollten. Schon Kautilyas Arthashastra hatte in der Tradition dieses Regierungsstils gestanden.

Zum ersten Mal meldete sich der Mafiaboss Gundu Singh zu Wort: »Tun Sie, was Bhaiji Singh von Ihnen verlangt. Sie haben doch Familie ... und sind zudem ein Hindu. Warum wollen Sie dann die Lebensgrundlage Ihrer Mitmenschen zerstören?«

Seine Stimme klang ganz natürlich, es schwang jedoch ein unverkennbarer Unterton mit.

War es eine Drohung?

Zuvor hatte ihm bereits der Superintendent, als er ihn mit dem Jeep nach Hause gefahren hatte, zu verstehen gegeben, was er von ihm verlangte. Und nun redete auch noch der Verbrecher Gundu Singh vor den Augen des Justizministers auf ihn ein.

Dr. Wakankar erhob sich auf einmal und starrte den Mafiaboss wütend an: »Warum haben Sie erwähnt, dass ich Familie habe? Wollen Sie mir etwa drohen?«

Der Justizminister versuchte ihn zu beruhigen. Dr. Wakankars Blutdruck war jedoch schon angestiegen: »Nein, Bhaiji! Der Superintendent hat mich auch schon daran erinnert, dass ich eine Familie habe. Ihr wollt mich wohl zu dieser kriminellen Handlung zwingen?!«

»Was reden Sie denn da? Sie sind doch einer von uns. Unsere Familien gehören doch zusammen. Was ist nur in Sie gefahren ... Jetzt regen Sie sich doch nicht so auf ... Wenn Sie sich nicht an der Autopsie beteiligen wollen, dann gehen Sie von mir aus nach Hause. Ich werde mich dafür einsetzen, dass man Sie aus dem Team herausnimmt.«

Mit einem wohlwollenden Lächeln versuchte der Justizminister beruhigend auf ihn einzuwirken.

Kurze Zeit später hatte sich Dr. Wakankar wieder gefangen. Man brachte ihm einen Tee.

Gegen Viertel nach drei in der Nacht erklärte sich Dr. Dinesh Manohar Wakankar, Arzt und Doktor der Medizin, zu einer Beteiligung an der Autopsie bereit.

Justizminister T.P. Singh konnte einen politischen Erfolg verbuchen. Man vereinbarte, die Untersuchung von Taufiks Leichnam bis spätestens fünf Uhr abgeschlossen zu haben.

Der SDM, die Polizei, der Sangh, die Minister und der Collector, alle atmeten erleichtert auf. Taufiks Leiche hatte man schon zuvor in das Bezirkskrankenhaus bringen lassen. In zwanzig Minuten werden Dr. Wakankar, Amtsarzt Gupta und Dr. Tiwari dort eintreffen. Die Autopsie wird spätestens um fünf Uhr abgeschlossen sein.

* * *

Dr. Wakankar hatte nicht mehr als zwei Minuten in seinem Bungalow vorbeischauen können, bevor er zum Bezirkskrankenhaus aufgebrochen war. Er hatte sich mit gefalteten Händen vor der Ganesha-Statue verneigt, seiner Frau zugelächelt, und, da seine Töchter schliefen, der jüngsten Tochter Tapasya über den Kopf gestrichen. Dann war er nach draußen zum Jeep gegangen, der bereit stand, ihn ins Bezirkskrankenhaus zu bringen.

Im Operationssaal erwartete ihn die Obduktion des zweiundzwanzigjährigen Taufik Ahmad.

Der Jeep fuhr mit großer Geschwindigkeit. Dr. Tiwari saß neben ihm. Dr. Wakankar begann leise vor sich hin zu singen: »Mein geliebtes Vaterland, allzeit neige ich mein Haupt vor dir…«

»Sie haben wirklich eine schöne Stimme!«, lobte ihn Dr. Tiwari. »Singen Sie doch etwas lauter.«

»Nein, nicht jetzt. Ich war die ganze Nacht auf den Beinen und bin ziemlich heiser. Ich werde Ihnen demnächst mal was vorsingen«, entgegnete Dr. Wakankar lächelnd. Dank der frischen Morgenluft wirkte er recht erholt. »Das ist die Stunde der Götter, Dr. Tiwari. Um diese Zeit sind sie alle wach, während die bösen Geister schlafen. Nur der Dämon Kalnemi ist jetzt unterwegs. Er kann die Gestalt verschiedener Asketen annehmen… Auch Marich hatte Asketenkleidung getragen. Die Dämonen sind wirklich die größten Verwandlungskünstler. Wissen Sie, was ich meine?«

»So ein Spinner! Was der für einen Unsinn daherredet«, dachte Dr. Tiwari. »Er hätte doch besser weiter gesungen.«

* * *

Taufiks Leichnam lag bereits auf dem Operationstisch. Man brauchte ihn gar nicht erst zu sezieren. Sein Hinterkopf war aufgerissen und blutverschmiert. Sand und Erde aus Kotma klebten an ihm. Man erledigte die nötigen Formalitäten.

Das Formular für den Autopsiebericht wurde gebracht. Es musste von Dr. Dinesh Manohar Wakankar, dem Kreisarzt von Kotma, ausgefüllt werden.

Er holte einen Stift aus der Tasche, warf Dr. Tiwari und dem Amtsarzt einen Blick zu und begann vor sich hin zu murmeln:

praṇamya śirasā devaṃ gaurīputraṃ vināyakam
bhaktāvāsaṃ smaren nityam āyuḥkāmārthasiddhaye
prathamaṃ vakratuṇḍaṃ ca ekadantaṃ dvitīyakam
tṛtīyaṃ kṛṣṇapiṅgākṣaṃ gajavaktraṃ caturthakam …

Man verneige sich vor dem Gott Ganesha,
dem Sohn Gauris, der alle Hindernisse beseitigt,
und denke an ihn, die Zuflucht der Gläubigen,
für ein langes Leben, Erfüllung und Wohlstand.
Erstens, an ihn mit dem krummen Rüssel,
Zweitens, an ihn, der nur einen Stoßzahn hat,
Drittens, an ihn mit den schwarzbraunen Augen,
Viertens, an ihn mit dem Elefantenkopf …

Dann beugte er sich vor und schrieb:

Name: Taufik Ahmad; Alter: 22; Geschlecht: männlich; Name des Vaters: Rafik Ahmad; Erkennungsmerkmal: schwarzer Fleck am rechten Oberschenkel; Todesursache: …

Todesursache?

Alle Blicke waren auf den Stift in seiner Hand gerichtet. Insgesamt acht Augenpaare. Eines von ihnen gehörte dem Superintendenten, der kurz zuvor zu ihnen gestoßen war, obwohl er im Krankenhaus nichts zu suchen hatte. Der Stift setzte sich wieder in Bewegung.

… tödliche Gehirnverletzung, zurückzuführen auf einen Gewehrschuss; Zeitpunkt des Todes: 15.55

Zu guter Letzt setzte er noch seine Unterschrift darunter:

Dr. Dinesh Manohar Wakankar

»Was haben Sie gemacht!«, platze es aus dem Amtsarzt heraus. Er konnte es nicht fassen.

»Unterschreiben Sie bitte alle. Bestätigen Sie, was wahr ist. Ich habe mir genau überlegt, was ich tue.« Seine Stimme zitterte kein bisschen, klang fest und klar wie ein Stück Stahl. Sie schien nicht von dieser Welt, sondern von einem anderen Planeten zu kommen und hatte etwas Übernatürliches an sich.

... lambodaraṃ pancamaṃ ca ṣaṣṭaṃ vikaṭam eva ca
saptamaṃ vighnarājendraṃ dhūmravarṇaṃ tathāṣṭamam
navamaṃ ...

... Fünftens, an ihn, den Dickbäuchigen,
Sechstens, an ihn, den Furchterregenden,
Siebtens, an ihn, den Überwinder aller Hindernisse,
Achtens, an ihn, den Rauchfarbenen,
Neuntens ...

Als würden sie unter einem Zauber oder unter Hypnose stehen, erhoben sich Dr. Tiwari und Dr. Gupta, ohne ein Wort zu sagen, und unterschrieben auf dem Autopsiebericht unter der Unterschrift Dr. Wakankars.

Kaum war er aus dem Operationssaal auf den Gang getreten, legte ihm der Superintendent schon die Hand auf die Schulter. Im gleichen Moment geriet Dr. Wakankar ins Wanken.

Aus der Nase des Superintendenten kamen Benzinwolken. Dr. Wakankar sah Gundu Singh auf sein Haus zumarschieren. Er sah Jyotsna auf sich zurennen, die Haare völlig zerzaust. Ihr Gesicht war vor Angst und Panik ganz entstellt.

Vermutlich hatte es sich dabei um das Gesicht von Taufiks Witwe gehandelt. Er hörte seine Tochter Puja weinen. Sie sang: »Soll ich dir einen Tee machen, Papa? Soll ich, Papa? Soll ich, Papa?«

... daśamaṃ tu vināyakaṃ ekādaśaṃ gaṇapatim ...

... Zehntens, an ihn, den großen Führer,
Elftens, an ihn, den Herrn der Heerscharen ...

Dr. Wakankar stürzte zu Boden. Der Superintendent hatte ihn noch von hinten am Hemd gepackt.

Dr. Wakankar röchelte. Seine seit langem bis zum Zerreißen gespannten Gesichtszüge schienen sich zu lösen. Sein Gesicht wirkte friedlich und locker; er schien zu lächeln.

Der Superintendent wusste nicht, was er tun sollte. Dr. Gupta kam angerannt. Er stieß dessen Hand beiseite und beugte sich über Dr. Wakankar: »Holt eine Trage! Beeilt euch! Wir müssen ihn auf die Intensivstation bringen! Hoffentlich ist es keine Gehirnblutung… Er ist bewusstlos!«

Man brachte Dr. Wakankar auf einer Tragbahre in die Intensivstation.

»Der Kerl macht doch nur Ärger! Sowas von raffiniert! Riskiert glatt sein Leben, nur um uns eins reinzuwürgen.«

Die Stimme des Amtsarztes stockte. Er war wie vom Blitz getroffen. Mit einer solch dramatischen Wendung hatte er im Leben nicht gerechnet.

Sein Blick fiel auf den Superintendenten. »Was haben Sie hier zu suchen? Was fällt Ihnen ein, ohne meine Erlaubnis das Krankenhaus zu betreten? Sie haben ihn in den Tod getrieben!« Der Superintendent war schockiert. Betroffen blickte er zu Boden.

»Es war zuviel für ihn! Man hätte ihm Urlaub geben müssen. Die Autopsie hätte trotzdem stattfinden können. Wir haben ihn alle dazu gezwungen, dass… dass…« Dr. Tiwari hatte Tränen in den Augen.

Dr. Wakankar lag auf der Intensivstation. Er wurde in regelmäßigen Abständen beatmet und erhielt Infusionen. Der EKG-Bericht war bedenklich. Die Ultraschalluntersuchung hatte ergeben, dass die inneren Blutungen nicht nachgelassen hatten.

Sein Röcheln war auf der ganzen Station zu hören.

Die Lokalzeitungen erwähnten Taufiks Autopsiebericht in einer kurzen Mitteilung. Es handelte sich um die Morgenausgaben. Sie informierten außerdem darüber, dass für Kotma, um Recht und Ordnung aufrechtzuerhalten, die Ausgangssperre verhängt worden war.

Taufiks Leichnam lag unten in der Leichenhalle auf einem Eisblock.

Jyotsna Wakankar und Taufik Ahmads Vater, Onkel Tahmatiya, wurden vom Krankenhaus benachrichtigt.

Glossar

Der Titel des Hindioriginals, *›... aur ant mẽ prārthanā‹*, bedeutet wörtlich *›... und am Ende ein Gebet‹*. Um irreführenden Assoziationen vorzubeugen, wurde im Deutschen der Titel *Dr. Wakankar – Aus dem Leben eines aufrechten Hindus* gewählt.

.303-Gewehr: 8 mm-Ausführung des britischen Repetiergewehrs Lee-Enfield, das in Indien seit über hundert Jahren von Armee und Polizei geführt wird.

Abir: Dunkelrotes Farbpulver aus Mehl und gemahlenen Mineralien.

Adivasi: Angehöriger der überwiegend in den abgelegenen Gebieten Zentralindiens beheimateten, indigenen Bevölkerung, die mit 84 Millionen gute acht Prozent der Gesamtbevölkerung darstellt.

Advani, L.K. (geb. 1927): Führender Politiker der BJP, der 1990 mit einem zu einem Streitwagen umgebauten Toyota mehrere Reisen unternahm, die ihn durch ganz Indien führten und darauf abzielten, religiöse Leidenschaften zu schüren und für seine hindunationalistische Politik zu werben.

Ali, Salim (1896–1987): Als ›Birdman of India‹ bekannter Pionier der systematischen Vogelbeobachtung in Indien.

Arthashastra: Altindisches Lehrbuch zu Politik, Wirtschaft und Kriegsführung, das der Tradition zufolge um 300 v. Chr. von Kautilya verfasst worden sein soll.

Babri-Moschee: Im 16. Jahrhundert in der für die Hindus heiligen Stadt Ayodhya errichtete Moschee, an deren Stelle L.K. Advani ab 1990 den Bau eines Rama-Tempels forderte, was letztlich zur gewaltsamen Zerstörung der Moschee führte.

Bande Mataram: 1882 von dem bengalischen Dichter B.C. Chattopadhyay geschriebenes Lied, dem während des Widerstands gegen die Engländer eine das ganze Land einende Rolle zukam und das zur Hymne der Hindunationalisten wurde.

Bhaiji (Kamerad): Anrede, mit der sich die Mitglieder des Sangh untereinander ansprechen.

Bidi: Starke, häufig parfümierte Billigzigarette.

BJP (Bharatiya Janata Party): 1980 als Nachfolger des Jana Sangh gegründete, aus einem Oppositionsbündnis hervorgegangene, hindunationalistische Partei, die maßgeblich für die Übergriffe der Hindus auf die Muslime verantwortlich ist.

Block Development Officer (BDO): Oberster Verwaltungsbeamter eines Blocks, der Untereinheit eines Bezirks.

Charanamrit: Wasser, mit dem die Füße von Götterstatuen gewaschen werden und das daher als wunderkräftig gilt.

Collector: Ein für Rechtssprechung, Baugenehmigungen und öffentliche Projekte zuständiger IAS-Beamter, zugleich der mächtigste Bundesbeamte auf Bezirksebene.

Congress: 1885 von Hindus und Muslimen als Interessenvertretung gegenüber den Engländern gegründete Organisation, die sich unter Gandhi zu einer Massenbewegung entwickelte und in zunehmendem Maße Einfluss auf die Politik nahm. Nach der Unabhängigkeit baute Nehru den Congress zu einer modernen Volkspartei um.

Das unvergessliche Leben des Dr. Kotnis: 1946 von V. Shantaram verfilmter Roman, in dem das Leben Dr. Kotnis beschrieben wird, der 1938 während des zweiten chinesisch-japanischen Kriegs als Arzt nach China reiste und bei seinem medizinischen Einsatz ums Leben kam.

Deoria: Im indischen Polizeiapparat überdimensional vertretener, im Südosten Uttar Pradeshs gelegener Bezirk.

Dixit, Madhuri (geb. 1967): Tänzerisch begabte Filmschauspielerin mit erotischer Ausstrahlung, die in den 90er Jahren zum Bollywoodstar aufstieg.

Ebenholzblätter: Die Blätter des Ebenholzes werden bei der Herstellung der Bidi als Hüllblatt verwendet.

Gefährliche Frauenstimme: Aus einer Reihe in den 80er und 90er Jahren für den Hindunationalismus aktiver Frauen tat sich insbesondere Sadhvi Rithambhara hervor. In ihren auf Kassette aufgezeichneten und im ganzen Land abgespielten Reden rief sie zur Gewalt gegen die muslimische Bevölkerung auf.

Ghosh, Pannalal (1911–1960): Bengalischer Flötist und Komponist, der von 1956 bis 1960 das National Orchestra leitete.

Gita (Bhagavat-Gita): Zwischen dem fünften und ersten Jahrhundert v. Chr. verfasster, heiliger Text, der aus einem etwa siebenhundert Verse umfassenden Teil des Mahabharata besteht. In einem Gespräch in der Ebene von Kurukshetra klärt Krishna Arjuna kurz vor Kriegsbeginn über seine Pflichten als Krieger auf und entwickelt eine Philosophie im Sinne des Yoga- und Vedanta-Systems.

Goldasche: Erhitztes und dadurch verfeinertes Gold, im Ayurveda zur Verbesserung der Spermaqualität und zur Behandlung von Impotenz eingesetzt.

Golwalkar, M.S. (1906–1973): Von 1940 bis 1973 Führer des Sangh.

Gramsevak: Teilnehmer an der Bewegung zur Verbesserung der Lebensbedingungen auf dem Land.

Gurukul: Traditionelle Ausbildungsform, bei der die Schüler im Haus des Lehrers leben.

Hedgewar, K.B. (1889–1940): Gründete 1925 in Nagpur, Maharashtra, den Sangh, entwickelte die Grundlagen seiner Philosophie und leitete ihn bis zu seinem Tod.

Heilige Schnur: Die heilige Schnur wird während des Upanayana-Rituals, eines Initiationsritus für Knaben, den männlichen Nachkommen der drei oberen Kasten umgelegt. Sie wird für den Rest des Lebens unter der Kleidung getragen und symbolisiert die geistige Geburt eines Hindus.

Hindu Mahasabha: 1915 von V.D. Sawarkar gegründete, hindunationalistische Organisation.

Indian Administrative Service (IAS): In ganz Indien vertretener, der Zentralregierung unterstellter Verwaltungsapparat.

Intercollege: Weiterführende Schule, in der die Klassenstufen elf und zwölf unterrichtet werden.

Jana Sangh: 1951 von S.P. Mukherjee gegründete Vorgängerpartei der BJP, die dem Sangh ideologisch nahe stand.

Kala Pani: Bezeichnung für den von den Engländern 1906 in Port Blair auf den Andamanen errichteten Gefängniskomplex, der vorwiegend der Inhaftierung indischer Freiheitskämpfer diente.

Kalnemi: Dämon aus dem Ramayana, der sich als Asket verkleidet, um den Affengott Hanuman zu töten. Seine Verkleidung erlaubt ihm, während der Götterstunde aktiv zu sein.

Kalinga-Reich: Ostindisches Reich, das sich über das heutige Orissa erstreckte und seine Blütezeit um 300 v. Chr. ereichte.

Karpatri, Swami (1905–1980): Hinduistischer Mönch, berühmter Lehrer des Vedanta und Gründer der Hindupartei Ram Rajya Parishad.

Khanna, Rajesh (geb. 1942): Einer der beliebtesten Filmschauspieler der 70er und 80er Jahre.

Krishna: Hinduistische Gottheit, die als achte Inkarnation Vishnus verehrt und häufig als flötenspielender Kuhhirte dargestellt wird.

Lala: Kaste, deren Angehörige als Schreiber, Händler und Bankangestellte arbeiten.

Lezim: Insbesondere bei Prozessionen und Tänzen als rhythmisches Instrument eingesetzter Stab mit Schellenkette.

Manto, Saadat Hasan (1912–1955): Urdu-Schriftsteller und Drehbuchautor, der fiktionale Tagebuch- und Reiseberichte schrieb und insbesondere die Teilung Indiens thematisierte.

Marich: Dämon aus dem Ramayana, der als Asket in einer Höhle lebt und sich in einen goldenen Hirschen verwandelt, um seinem Bruder, dem Dämonenkönig Ravana, bei der Entführung Sitas zu helfen.

Marwari: (Ehemalige) Bewohner des Marwar, einer Region im Südwesten Rajasthans, die sich als Händler einen Namen gemacht haben.

Mukherjee, S.P. (1901–1953): Maßgeblicher Gestalter der hindunationalistischen Ideologie, der 1951 mit dem Jana Sangh die erste Hindupartei gründete und in einem indischen Gefängnis auf mysteriöse Weise ums Leben kam.

Mussoorie: In der nordindischen, für Hochzeitsreisen beliebten Hillstation befindet sich das wichtigste Schulungszentrum des IAS.

Muster Roll: Bei öffentlichen Bauaufträgen erhält der Bauherr für jede in die Muster Roll eingetragene Arbeitskraft eine festgesetzte Summe vom Staat.

Naxaliten: Sammelbezeichnung für eine Reihe maoistischer Gruppierungen, die in den späten 60er Jahren gegründet wurden und gegen die Konzentrierung des Landes in den Händen weniger Großgrundbesitzer und die Diskriminierung der Stammesvölker kämpfen.

Panchatantra: Zwischen dem zweiten vorchristlichen und dem dritten nachchristlichen Jahrhundert auf Sanskrit verfasste, dem Pandit Vishnu Sharma zugeschriebene Fabelsammlung, in der die wichtigsten Regeln der Staatskunst gelehrt werden.

Panjabis und Kaschmiris: Nach der hindunationalistischen Ideologie entsprechen von allen indischen Völkern die vergleichsweise hellhäutigen Bewohner der beiden nordwestindischen Bundesstaaten am ehesten dem Ideal einer ›indoarischen Rasse‹.

Prasad: Der von den Göttern übriggelassene ›Rest‹ der Opfergabe, der am Ende des Rituals als ›Gnadengabe‹ an die Gläubigen zurückgegeben wird.

Pratap, Maharana (1540–1597): Stolz und Selbstbewusstsein der Rajputen repräsentierender Herrscher von Mewar, einem Staat im Nordwesten Indiens.

Premchand, Munshi (1880–1936): Bedeutendster Prosa-Autor des Hindi und des Urdu in der ersten Hälfte des zwanzigsten Jahrhunderts. Mit seinen rund 250 Kurzgeschichten, in denen das dörfliche Leben realistisch beschrieben wird, setzte er diese literarische Gattung im Hindi und Urdu durch.

Puranas: Vorwiegend auf das dritte bis fünfte Jahrhundert datierte Textsammlung, in der die Geschichte des Universums beschrieben wird. Die Puranas enthalten zudem Königsgenealogien, Erzählungen von Helden und Halbgöttern sowie Beschreibungen der hinduistischen Kosmologie, Philosophie und Geographie.

Roli: Paste aus Gelbwurz und Kalk, die auf die Stirn aufgetragen wird.

Roy, Raja Rammohan (1772–1833): Bengalischer Schriftsteller, Journalist und Gründer der hinduistischen Reformbewegung Brahmo Samaj.

Sangh (Rashtriya Svayamsevak Sangh/RSS): 1925 von Hedgewar gegründete, hierarchisch strukturierte, hindunationalistische Freiwilligenorganisation mit rund acht Millionen Mitgliedern, die in den 80er Jahren zunehmend an Bedeutung und Einfluss gewann, was letztlich zum Aufstieg der BJP führte. In den Keimzellen des Sangh, den etwa 50 000 Ortsgruppen, treffen sich die Mitglieder regelmäßig zu Körperübungen und ideologischen Schulungen.

Saraswati, Dayanand (1824–1883): Bedeutender Theologe, gründete 1875 die hinduistische Reformbewegung Arya Samaj.

Sawarkar, Vir (1883–1966): Politiker und Mitentwickler der hindunationalistischen Philosophie.

SDM → Sub Divisional Magistrate

Shankara (788–820): Theologe, der den Hinduismus auf der Grundlage der Advaita-Vedanta Philosophie erneuerte.

Shivaji, Chatrapati (1627–1680): Bis heute in Maharashtra als Volksheld verehrter Gründer des Marathenreichs.

Sindh: Provinz im Südosten Pakistans, in der die Vierzehnmillionenstadt Karachi liegt.

Singh, Gobind (1666–1708): Zwischen 1675 und 1708 zehnter und letzter Guru der Sikhs. Er betonte den Wert körperlicher Kampfkunst und konnte mehrere Angriffe der Moguln abwehren.

Sinha, Shatrughan (geb. 1946): In den 70er und 80er Jahren einer der beliebtesten Bollywoodschauspieler und erstes Regierungsmitglied aus diesem Kreis.

Snow Powder: Weißes, insbesondere von jungen Frauen verwendetes Puder zum Aufhellen der Hautfarbe.

Sub Divisional Magistrate (SDM): Beamter, der eine Subdivision, die Untereinheit eines Bezirks, verwaltet.

Tahmatiya: Anspielung auf Tahmat, ein langes Stoffstück, insbesondere von Muslimen wie eine Art Männerrock um die Hüften gebunden getragen.

Tilak, B.G. (1856–1920): Hindunationalist, Sozialreformer und erster prominenter Führer der indischen Unabhängigkeitsbewegung.

Unabhängigkeitspartei (Swatantra Party): Von wohlhabenden Industriellen und ehemaligen Maharajas unterstützte, 1959 gegründete Partei.

Unser Indien über alles in der Welt: 1904 von dem indisch-muslimischen Dichter, Philosophen und Politiker Muhammad Iqbal (1877–1938) in Anlehnung an die erste Strophe der deutschen Nationalhymne geschriebenes, patriotisches Urdu-Gedicht, dem während der Unabhängigkeitsbewegung eine wichtige Rolle zukam.

Upadhyay, Dindayal (1916–1968): Wichtiger Politiker des Jana Sangh, wurde 1968 auf einem Bahnhof in der Nähe von Varanasi tot aufgefunden.

Upanishaden: Jüngste, der Religionsphilosophie und Meditation gewidmete Schicht der Veden.

Varnashram: Traditionell gliedert der Hinduismus die Gesellschaft in vier Hauptkasten (Brahmanen, Krieger, Händler und Bauern) und das Leben eines Menschen in vier Abschnitte (Studium, Familienleben, Rückzug und Askese).

Veden: Auf eine mündliche Überlieferung zwischen 1500 und 500 v. Chr. zurückzuführender Textkorpus, der die älteste Schicht der Sanskritliteratur enthält und dessen Mantras noch heute eine bedeutende Rolle spielen.

Wir werden den Tempel dort bauen!: Mit diesem Slogan wurde von hindunationalistischer Seite ab 1990 der Bau des Rama-Tempels in Ayodhya gefordert.

Yadav: In der Rinderzucht und der Milchwirtschaft tätige Kaste.

Ein Verlag für Indien. Draupadi Verlag

Ein Verlag für Indien. Draupadi Verlag

Das Verlagsprogramm hat **zwei Schwerpunkte.**

Zum einen veröffentlichen wir Romane, Erzählungen und Gedichte aus Indien und anderen südasiatischen Ländern in deutscher Übersetzung. Diese Bücher erscheinen in der Reihe **Moderne indische Literatur.**
Zum anderen verlegen wir **Sachbücher über Indien.**
Das Themenspektrum dieser Reihe ist breit gefächert. Bücher zur aktuellen politischen Situation und Geschichte Indiens stehen neben Veröffentlichungen über Kultur, Kunst und Religion. Der Draupadi Verlag wurde im 2003 von Christian Weiß in Heidelberg gegründet.

Draupadi
Der Name des Verlags nimmt Bezug auf die Heldin des altindischen Epos „Mahabharata". In Indien ist Draupadi als eine Frau bekannt, die sich gegen Ungerechtigkeit und Willkür wehrt. In diesem Sinne greift etwa die indische Schriftstellerin Mahasweta Devi in der 1978 erstmals erschienenen Erzählung „Draupadi" das Thema auf. Draupadi wird hier eine junge Frau genannt, die für eine Gesellschaft kämpft, in der niemand mehr unterdrückt wird.

Alle Titel sind in jeder guten Buchhandlung erhältlich oder
direkt beim

Draupadi Verlag
Dossenheimer Landstr. 103
69121 Heidelberg
Tel +49-(0)6221 - 412 990
Fax +49-(0)1805 060 335 791 33
info@draupadi-verlag.de
www.draupadi-verlag.de

Fordern Sie unseren Verlagsprospekt an!

Von Uday Prakash bisher im Draupadi Verlag erschienen

Uday Prakash
Der Goldene Gürtel
Erzählungen

Aus dem Hindi von Lothar Lutze
ISBN 978-3-937603-14-8
72 S. / 17,00 SFr / 9,80 EUR

Im Herbst 2009 erscheint im Draupadi Verlag ein weiterer
Roman von Uday Prakash
Das Mädchen mit dem gelben Schirm
Aus dem Hindi übersetzt von
Ines Fornell, Heinz Werner Wessler und Reinhold Schein